MIA LEONI

Eine Hochzeit für Himmelreich

AF186630

MIA LEONI

Eine Hochzeit für Himmelreich

Roman

Bibliografische Information der Deutschen Nationalbibliothek:
Die Deutsche Nationalbibliothek verzeichnet diese Publikation in der
Deutschen Nationalbibliografie; detaillierte bibliografische Daten sind im
Internet über dnb.dnb.de abrufbar.

Deutsche Erstausgabe Januar 2018
Copyright © 2018 Mia Leoni
c/o BENISA WERBUNG, Sabine Albrecht
Paulstraße 1, 99084 Erfurt
Umschlaggestaltung:
BENISA WERBUNG, Sabine Albrecht, Erfurt
Umschlagfotos:
© Aleksander Erin / Depositphotos
© tatoman/fotolia.com
© Kudryashka / CanStockPhoto.com
Lektorat: Susanne Pavlovic
Korrektorat: Sabine Maria Steck
Herstellung und Verlag:
BoD – Books on Demand, Norderstedt
Printed in Germany
ISBN: 978-3-74606-390-4

Besuchen Sie die Autorin im Internet:
www.mia-leoni.de

Auf Facebook:
www.facebook.com/mia.leoni.autor

Oder schreiben eine Nachricht:
info@mia-leoni.de

Die Himmelreich-Reihe

»Amor's Four: Eine Hochzeit Himmelreich« ist der vierte Teil und Abschluss der Himmelreich-Reihe. Die einzelnen Teile sollten in chronologischer Reihenfolge gelesen werden. Geschrieben wurde die Tetralogie von vier verschiedenen Autorinnen.

Kapitel 1

»Einen großen Coffee to go, bitte, mild«, sage ich und schenke dem jungen Mann ein freundliches Lächeln.

Er mustert mich von oben bis unten – sicher wegen meines Outfits, das komplett in Pink gehalten ist – heftet seinen Blick dann jedoch an mein Gesicht und beginnt, ebenso zu strahlen. Ohne hinzusehen, was er tut, fingert mein Gegenüber einen Pappbecher von dem großen Stapel neben sich, stellt ihn unter den Auslass der Kaffeemaschine und drückt irgendeinen Knopf.

Sofort beginnt der Automat mit ohrenbetäubendem Geräusch, die Bohnen zu mahlen.

Entweder bekomme ich nun auf gut Glück mein bestelltes Getränk oder der Kerl weiß, was er da tut, auch wenn es nicht den Anschein hat. Noch immer sieht er mich an, als wäre ich ein seltenes Tier im Zoo.

»Milch und Zucker?«, fragt er und stellt den vollen Becher auf dem Tresen ab. Er klingt aufgeregt. Seltsam.

»Nur Zucker.«

»Darf ich Ihnen sonst noch etwas empfehlen?«, erkundigt er sich, doch ich schüttle den Kopf.

Die Crema sieht verführerisch aus, und der aufsteigende Duft lässt mich dahinschmelzen. Meine Freundin Jennifer hat nicht zu viel versprochen, als sie von diesem Coffeeshop geschwärmt hat. Auch der Service soll einmalig sein, hat sie behauptet. Ob nun solche Begeisterungsstürme für ein schnödes Heißgetränk und eine einfache Bedienung gerechtfertigt sind, sei mal dahingestellt, aber der Kaffee sieht wirklich lecker aus. Darüber hinaus meine ich zu wissen, was – oder besser wer – ihren Enthusiasmus geweckt hat.

Genauso hatte sie mir den *netten Typen* beschrieben: etwas dünn, braune Augen, verwuschelte braune Haare, Minizahnlücke zwischen den Schneidezähnen. Das muss er sein – der Mann ihrer Träume. Das Objekt der Begierde. Jen hat ihn nicht so bezeichnet, aber ich könnte schwören, dass sie während ihrer Ausführungen gesabbert hat.

Er drückt den Becher in eine Halterung, legt zwei Päckchen Zucker, ein Rührstäbchen, einen Plastikdeckel und einen in Folie eingepackten Keks dazu und schiebt mir alles entgegen. Kurzentschlossen ergänzt er den Haufen um ein weiteres Gebäckstück und sieht mich erwartungsvoll an.

Auch wenn er sehr sympathisch und zuvorkommend wirkt – schließlich ist das sein Job –, für mich wäre er nichts. Zu klein, zu dünn, zu schüchtern. Dennoch werde ich das Gefühl nicht los, dass er vielleicht eine Spur *zu* nett und *zu* zuvorkommend ist.

»Kann ich sonst noch etwas für Sie tun?«, wiederholt er seine Frage, die ich bereits verneint hatte.

Wieder schüttle ich den Kopf und warte auf meine Rechnung. Doch er glotzt mich nur nervös grinsend an.

»Was macht das?«, helfe ich ihm auf die Sprünge.

»Ach so ... äh ... das sind zwei Euro, neununddreißig.«

»Vielen Dank.« Ich schiebe ihm drei Münzen über den Tresen, schnappe mir meine Bestellung und verlasse den Laden.

Jen hat einen niedlichen Geschmack, was Männer betrifft. Wobei man diesen Bub eigentlich gar nicht als Mann bezeichnen kann. Wie alt er wohl sein mag? Möglicherweise jünger als meine Freundin. Für mich käme das niemals infrage. Der Mann hat gefälligst mindestens zwei Jahre älter zu sein als die Frau, besser noch vier. Schließlich ist allgemein bekannt, dass die psychische Reife des männlichen Geschlechts etwas hinterherhinkt.

Außerdem wäre er mir zu schmächtig. Nicht, dass ich auf testosterongesteuerte Fitnessstudiopumper stehen würde, doch finde ich es schöner, wenn mein Partner nicht leichter ist als ich und zumindest den Eindruck macht, er könne mich irgendwie beschützen. Bei solchen Exemplaren wie dem Typ hinter dem Tresen des Coffeeshops hätte ich immer das Gefühl, ich müsse *ihn* verteidigen. Nö, ich bin wohl eher für die klassische Rollenverteilung.

An der Ecke wartet Jen auf mich und reibt sich nervös die Hände.

»Und? Wie findest du ihn?« Sie strahlt über beide Ohren.

»Den Kaffee oder den Kerl?«, frage ich beiläufig und nippe an meinem Getränk.

»Was meinst du damit?«, fragt sie. Sie sieht unschuldig aus, doch ich weiß, dass sie mir nur etwas vorspielt.

Jen ist keine gute Lügnerin. Ihr übertrieben empörter Blick und die rosigen Wangen verraten sie jedes Mal. Was nichts Schlechtes ist. Ich finde das eher süß. Sie kann einfach nicht zugeben, wenn ihr etwas gefällt – oder jemand. Ihr ist das peinlich – warum auch immer.

Mit einem Lächeln schultere ich meine große braune Wildledertasche und steuere mit schnellen Schritten die Stadtbahnhaltestelle an. Mein erster Termin heute steht an, und ich will um keinen Preis zu spät kommen.

Meine Freundin versucht, mein Tempo zu halten, und hakt nach: »Hey, wie hast du das gemeint?«

»Ich finde den Kaffee echt lecker. Er ist mir etwas zu mild, aber ich verstehe vollkommen, warum du auf ihn stehst. Geschmäcker sind verschieden, und das ist gut so. Wenn du mich fragst, er passt zu dir.«

»Sprichst du noch von dem Kaffee?«

»Genauso wenig, wie du es tust«, erwidere ich und steige in die Stadtbahn Richtung Bertoldsbrunnen, während Jen mir nacheilt.

»Tut mir leid, dass ich dich ungefragt zum Spion gemacht habe.«

»Ich habe auch niemals angenommen, dass du nur wegen eines Kaffees so aus dem Häuschen bist.« Ich grinse sie an.

»Okay, da die Katze nun aus dem Sack ist: Du findest ihn wirklich zu ... *mild*? Denkst du, er ist ein Weichei?« Verunsichert zwirbelt sie eine Strähne zwischen den Fingern.

»Oh nein, Süße, so habe ich das nicht gemeint! Er ist ein wenig schüchtern, ja. Deshalb wäre er nichts für mich, aber das soll nicht bedeuten, dass er irgendwie unmännlich ist.«

»Ich weiß, du stehst eher auf Machos.«

»Was?«, quieke ich ein wenig zu laut und ignoriere

die irritierten Blicke der anderen Fahrgäste. »Das ist Ewigkeiten her. Und außerdem war er kein Macho!«

»Woher willst du denn wissen, von wem ich spreche?« Sie legt den Kopf schief.

Ertappt kratze ich mich am Hals. Ich brauche gar nicht zuzugeben, dass mir sofort nur einer in den Sinn gekommen ist, Jen weiß es. Sie kennt mich inzwischen einfach zu gut.

»Warum denn Macho?«, frage ich deshalb, ohne ihr eine Antwort zu geben.

»Charmant, gutaussehend, selbstsicher, immer einen Spruch auf den Lippen ...«

»Das ergibt noch lange keinen selbstgefälligen Wichtigtuer, der Frauen nicht respektiert«, erwidere ich leicht verärgert.

Sofort reißt Jen ihre Augen auf und sieht mich betroffen an. »Nein, Nicole ... so war das nicht ... da hast du mich missverstanden.«

»Schon gut.«

»Ich mochte ihn, das kannst du mir glauben.«

»Das habe ich auch mal ... vor langer Zeit.«

»Sicher? Du wirkst nämlich nicht so, als ob du damit abgeschlossen hättest.«

»Oh doch! Ich habe definitiv mit ihm und den halbnackten Weibern um ihn herum abgeschlossen! Können wir jetzt bitte wieder über dich reden?«

»Ich stehe nicht so gern im Mittelpunkt.«

»Ich auch nicht. Was machen wir nun?«

Sie seufzt. »Na schön, reden wir über mich, oder besser, über Sebastian.«

»Den Kerl aus dem Coffeeshop? Du weißt also schon seinen Namen?«

»Der steht auf seinem Schild! Kannst du mir helfen, ihn kennenzulernen?«

Ich blase die Wangen auf. »Jen, Süße, du weißt, dass ich dir überall gern beistehe, aber glaubst du wirklich, ich bin der richtige Ansprechpartner dafür?«

»Du bist Hochzeitsplanerin, verdammt!«

»Ganz genau. Ich kann dir und Sebastian eine unvergessliche Traumhochzeit arrangieren, wenn ihr dann mal soweit seid.«

»Ich will ja nicht gleich mit der Tür ins Haus fallen«, flachst Jen.

Als die Bahn am Bertoldsbrunnen hält, drückt sie den Türöffner und wir steigen aus.

»Okay, wie wäre es, wenn wir uns morgen früh dort auf einen Kaffee treffen?«, fährt sie fort.

Unsere Anschlussbahnen fahren erst in ein paar Minuten, also setzen wir uns auf eine der Bänke.

»Gegen Kaffee ist nichts einzuwenden«, antworte ich.

»Vielleicht kannst du ihn in ein Gespräch verwickeln.«

»Ich kann's versuchen.«

»Bitte! Ich wäre dir so dankbar.«

»Wäre doch gelacht, wenn wir ihn nicht von dir überzeugen könnten.«

Sie grinst mich begeistert an, als hätte dieser Sebastian bereits um ihre Hand angehalten. Zumindest würde ich mich auf diesem Terrain wohler fühlen. Männer anzusprechen, fällt mir unheimlich schwer, aber vielleicht klappt es besser, wenn es nicht um mich geht. Schließlich ist Jen meine beste Freundin, und nichts wünsche ich ihr mehr, als glücklich zu sein.

Nur kurze Zeit später steige ich im Stadtteil Betzenhausen aus, den ich wegen seines Seeparks so sehr mag. Wenn ich die Wiehre südlich der Altstadt nicht noch mehr lieben würde, hätte ich mir hier schon längst eine Bleibe gesucht.

Gutgelaunt drücke ich die Klingel an der strahlendweiß verputzten Fassade des riesigen Einfamilienhauses mit dem gepflegten Vorgarten. Der Rasen sieht aus wie mit der Nagelschere bearbeitet, und an den Rosenblüten sehe ich keinerlei braune Flecken. Sie leuchten in sattem Pink, als wären sie detailgetreu aus Kunststoff gefertigt. Die Farbwahl finde ich großartig, passt sie doch perfekt zu meinem Kostüm und den Pumps, die ich heute trage.

Fabienne öffnet die moderne anthrazitfarbene Haustür und empfängt mich mit einem Gesicht, das eine Mischung aus Erleichterung, Verzweiflung und Hysterie widerspiegelt. »Nicole! Wie schön, dass du kommen konntest.« Sie wedelt mit der Hand, um mich hereinzubitten.

»Selbstverständlich. Dafür bin ich doch da.« Vorsichtig betrete ich den weitläufigen Hausflur, der mit Marmor gefliest ist. Man kann sich darin spiegeln, das hat mich beim letzten Mal schon fasziniert. Jetzt fällt mir auch wieder ein, dass ich für Besuche bei Fabienne und Ferdinand keinen Rock mehr tragen wollte.

»Für mich ist das nicht selbstverständlich – ich habe dir immerhin erst heute Nacht eine Nachricht geschickt«, erwidert die Braut in spe. Ich werde das Gefühl nicht los, dass ihre Stimme zittert.

»Du hast von einer Katastrophe gesprochen. In Kombination mit der Tatsache, dass ihr in einer Woche heiratet, kannst du mich auch fünf Minuten vorher anrufen, und ich werde pünktlich sein.«

Sie lächelt mir erleichtert entgegen und atmet dann tief durch. »Es ist ein Desaster!«

Theatralisch öffnet Fabienne die große Flügeltür zum Wohnbereich.

Ich stelle mich auf einen Rohrbruch oder Ähnliches ein, wobei ich nicht weiß, wie ich ihr da weiterhelfen könnte. Jedoch ist der gigantische Raum in tadellosem Zustand wie immer.

Ich sehe mich um und kann nichts Ungewöhnliches entdecken. Da dreht sich Fabienne schwungvoll zu mir um und sagt: »Meine Kosmetikerin muss morgen operiert werden und fällt den Rest des Monats aus!«

»Oh mein Gott. Deine Freundin? Was ist passiert?«

»Sie hat sich das Bein gebrochen, offene Schienbeinfraktur oder so.«

»Das hört sich schrecklich an. Wie geht es ihr?«

»Ganz gut, denke ich. Ich meine, es ist ja nur ein Beinbruch. Theoretisch könnte sie mich zur Hochzeit schminken, dafür braucht sie ja nur ihre Arme. Aber sie hat abgesagt!«, jammert Fabienne und zückt ein Taschentuch.

Einen Moment starre ich sie an und weiß nicht, ob ihre Welt gerade wegen des Beinbruchs ihrer Freundin oder wegen der Absage untergeht.

»Wie kann sie nur!«, entscheide ich mich, meiner Braut beizustehen. Ich muss ihre Sorgen ernst nehmen, aber ebenso eine Lösung finden.

Fabienne schnäuzt sich die Nase. »Ja, und ich dachte schon, dass mir die Band gestern Abend abgesagt hat, wäre mein größtes Problem.«

»Wie bitte? Die Band kommt nicht?«

Am liebsten hätte ich meine Hände über dem Kopf zusammengeschlagen, kann mich aber zum Glück gerade noch bremsen.

Keine Panik! Und vor allem die Braut nicht nervös machen. Sie hat schon genug mit der verhinderten Kosmetikerin zu kämpfen. Dass es aber etwa dreihundertsechsundneunzigmal schwerer ist, eine neue Hochzeitsband zu engagieren, die noch dazu nicht grottenschlecht ist, sage ich ihr lieber nicht.

Wenn man nicht alles selbst macht! Gerade diese beiden Dinge wollte das Brautpaar höchstpersönlich in die Hand nehmen, weil es *gute* Freunde sind. Okay, das mit der Schienbeinfraktur ist dumm gelaufen, aber ich will nicht wissen, was die Band für eine Ausrede hat.

»Du kriegst das doch hin, oder?« Mit flehendem Blick steht Fabienne vor mir und popelt an ihren Fingernägeln herum.

Ruhig nehme ich ihre Hände in meine, damit sie damit aufhört, und versichere: »Keine Sorge, ich kümmere mich darum.«

Sie atmet unüberhörbar aus und fällt mir um den Hals. »Was würde ich nur ohne dich tun?«

»Schon gut. Alles halb so wild. Im Übrigen habe ich dir etwas mitgebracht. Das wird dich aufheitern.«

Ich krame in meiner Tasche und halte ihr dann eine kleine Schatulle unter die Nase.

Fabiennes Augen weiten sich und auf den Lippen zeigt sich wieder das strahlende Lächeln, das ich von ihr kenne.

»Sind das ...?« Noch bevor sie den Satz zu Ende spricht, reißt sie mir die Schachtel aus der Hand und öffnet vorsichtig den Deckel.

»Habe ich gestern beim Juwelier abgeholt«, erkläre ich. »Sie sind genauso, wie du sie wolltest. Habe ich recht?«

»Genauso«, haucht sie mit Tränen in den Augen.

Zufrieden schließe ich meine Tasche. »Probiert sie bitte noch einmal an. Ich will beim Ringtausch keine bösen Überraschungen erleben.«

»Bringt es nicht Unglück, die Ringe vorher anzustecken?«

»Ihr sollt sie euch ja nicht *gegenseitig* anstecken. Nein, das bringt kein Unglück. Nur gib deinen Ring niemals einer anderen Frau zum Probieren. *Das* bringt Unglück.«

»Okay. Und wenn sie nicht passen?« Wieder schleicht ein Hauch von Panik in Fabiennes hübsches Gesicht.

»Dann müsst ihr bis nächste Woche hungern oder ordentlich reinhauen – je nachdem.« Ich grinse sie an und lege dann doch eine Hand auf ihren Arm. »Keine Angst, falls sie tatsächlich zu eng sind, was ich nicht glaube – du scheinst seit Dienstag noch dünner geworden zu sein – schmierst du einfach vor der Trauung ein wenig Vaseline in den Ring. Dann flutscht das schon.« Ich zwinkere ihr zu.

»Und wenn er zu groß ist? Ich kriege in den letzten Tagen kaum noch einen Bissen herunter!«

Hach, ihre Probleme möchte ich gern haben! Ich bin zwar mit meiner Figur weitestgehend zufrieden, aber neben dieser langbeinigen Schönheit fühle ich mich wie ein Pummeleinhorn.

Obwohl, Einhörner sind toll! Ich bin ein pinkes Einhorn!

»Um den Ring vom Juwelier kleiner machen zu lassen, ist die Zeit etwas knapp, aber du kannst dich kurzfristig mit klarem Nagellack behelfen. Dafür bestreichst du die Innenseite des Rings mit dem Lack, sooft es eben nötig ist. Das ist zwar keine professionelle Lösung, aber für die Hochzeit reicht es erst mal. Danach können wir ihn immer noch enger machen lassen.«, rate ich ihr.

Fabienne seufzt befreit. »Zum Glück.«

»Gut, dann kümmere ich mich mal um die Ausfälle, falls es sonst nichts mehr gibt.«

»Ich hoffe doch nicht.«

»Es wird schon alles gutgehen«, beruhige ich Fabienne und wende mich zum Gehen.

Ein letztes Mal drehe ich mich in der Haustür lächelnd zu ihr um, winke bedacht und zwinge mich zu langsamen und ruhigen Schritten, bis ich hinter der nächsten Ecke verschwunden bin. Wer weiß, ob sie mir nachsieht.

Sobald ich außer Sichtweite bin, zerre ich ungeduldig mein Handy aus der Tasche. Ich wähle eine Nummer aus meiner Kosmetikerliste und kann das Thema wenige Momente später abhaken. Meine Favoritin quetscht meine Braut tatsächlich dazwischen. Sie ist perfekt für Fabienne. Absolut professionell, begabt und zuverlässig. Die ältere Dame, der sie nun ihre Ganzkörpermassage absagen muss, wird zwar nicht sehr erfreut sein, aber eine Hochzeit geht nun einmal vor!

Dann tippe ich die Nummer meines Floristen in mein Telefon und halte es mir erneut ans Ohr.

»Roberto?«, frage ich sofort, als abgenommen wird. »Du musst bitte einen großen Strauß Blumen in sommerlichen Farben zusammenstellen und morgen ins Krankenhaus schicken.«

»In welches?«, antwortet Roberto wie selbstverständlich.

»St. Josefs wahrscheinlich. Unfallchirurgie. Genaueres schicke ich dir in einer Stunde. Der Name ist Zoe Wolff.«

»Kein Problem, Liebes. Eine Nachricht dazu?«

»Ja, bitte. Schreib mit: Meine liebe Zoe, ich wünsche dir von ganzem Herzen eine schnelle Genesung. Ruh dich gut aus und genieße die Versorgung. Wenn die Ärzte grünes Licht geben, machst du mir eine große Freude damit, wenn du als Gast an unserer Hochzeit teilnimmst. Fühl dich umarmt, Fabienne.«

Nachdem Roberto versichert hat, alles richtig verstanden zu haben, streiche ich auch diesen Punkt von meiner geistigen To-do-Liste.

Nun zum schwierigen Kapitel: Ein Ersatz für die Band.

***

»Und hast du nun neue Musiker gefunden?«, fragt Jen, die mir im Coffeeshop gegenübersitzt und nicht den Eindruck macht, als wäre sie wirklich aufnahmebereit.

»Interessiert dich das überhaupt? Du schielst seit zehn Minuten nur an mir vorbei.«

Sie schüttelt den Kopf. »Entschuldige, red weiter!«, fordert sie mich auf, doch ihre Aufmerksamkeit schwindet sofort wieder.

Ich drehe mich zum Tresen und beobachte, wie Sebastian Gäste bedient. Er wirkt etwas nervös. Ob das immer so ist? Oder tatsächlich an unserer Anwesenheit liegt?

Sein Blick huscht innerhalb kürzester Zeit zweimal zu uns, während er die anderen Gäste an den Tischen weitestgehend ignoriert.

Ich wende mich wieder meiner Freundin zu. »Okay, die Kurzfassung: Ich habe einen Bekannten angerufen, der im Musikbusiness tätig ist. Der hat mir einen Manager empfohlen, den ich kontaktiert und um den Finger gewickelt habe. Ich habe eine neue Hochzeitsband. Ende.«

»Wow«, sagt Jen gedehnt, aber sie sieht eindeutig durch mich hindurch.

Genervt schnipse ich mit den Fingern vor ihrer Nase herum, bis sie endlich wieder klar ist.

»Was hast du gesagt?«

»Jen, was hast du in Bezug auf Sebastian nun vor?« Ich deute mit dem Daumen hinter mich. »Möchtest du ihn ab jetzt jeden Morgen aus der Distanz anschmachten? Oder möchtest du den ersten Schritt machen?«

»Das ist Aufgabe des Mannes.«

»Da bin ich völlig bei dir, glaub mir. Aber ich fürchte, mit diesem Exemplar hast du in fünf Jahren noch kein Wort gewechselt, wenn du darauf wartest. Er ist schüchtern, das sieht man.«

»Hilf mir!«, fleht sie mich an.

»Okay«, sage ich kurz entschlossen, atme tief durch und schiebe meinen Stuhl geräuschvoll nach hinten.

Unter den nervösen Blicken meiner Freundin marschiere ich zum Tresen und stütze mich mit beiden Händen auf.

Sebastian lächelt irritiert und krächzt: »Darf es noch etwas sein?«

»Ja, ich hätte ein Anliegen. Ich schreibe dir jetzt eine Adresse auf. Dort wirst du einen hübschen rosa Blumenstrauß hinschicken, zusammen mit einer Einladung zum Essen und ins Kino. Auf meine Rechnung.«

»Was?«

»Du sollst meine Freundin Jennifer da drüben zum Essen einladen. Ich zahle.«

»Okay«, sagt er, doch es klingt eher nach einer Frage. Abgeneigt wirkt er jedenfalls nicht, aber wahrscheinlich war meine Überfalltaktik doch nicht die beste.

»Entschuldige. Zurück zum Anfang: Hast du eine Freundin?«, beginne ich von vorn.

»Nein.«

»Stehst du auf Frauen?«

»Ja.«

»Wie findest du meine Freundin Jennifer da drüben?«

»Hübsch ... und süß ... und nett.«

»Nett?«

»Sie kommt fast jeden Morgen hier rein und bestellt sich einen Chai Tea Latte mit Vanillearoma, ohne Zucker und mit Kakaopulver obendrauf.«

»Das hast du dir gemerkt?«

»Ja, weil sie so sympathisch ist.«

»Das ist doch wunderbar. Dann wäre ja alles geklärt.«

»Ich habe nicht erwartet, dass sie Interesse an mir hat.«

»Hat sie. Und ich dachte mir, ihr könntet einen kleinen Schubs gebrauchen.«

»Da hast du wohl recht. Als du gestern schon hier warst, war ich total nervös.«

»Verstehe ich jetzt nicht.«

»Ich weiß, dass ihr befreundet seid. Ich hab euch vor ein paar Tagen zusammen vorm Shop gesehen.«

»Ah«, mache ich gedehnt und grinse. »Entschuldige, dass ich dich nun so überrumpelt habe, ich bin selbst nicht gut in solchen Dingen.«

Er lächelt verlegen. »Oh doch. Das habe ich gebraucht. Wahrscheinlich hätte ich sie nie angesprochen.«

»Ich habe auf fünf Jahre getippt.«

»Was?«

»Vergiss es. Also, hier ist ihre Adresse. Warte nicht zu lang.« Ich notiere Jennifers Handynummer gleich mit auf dem Zettel.

»Danke. Ach, und ich zahle das selbst. Du musst uns nicht einladen.«

»Umso besser«, sage ich zum Abschied und zwinkere ihm zu.

Zurück an unserem Tisch erwartet mich eine völlig zappelige Freundin.

»Was hat er gesagt?«, zischt sie mir entgegen.

Gelassen setze ich mich auf meinen Stuhl und zucke mit den Schultern. »Er hat kein Interesse.«

Dass Gesichtszüge so schnell entgleisen können, hätte ich nicht für möglich gehalten. Deshalb löse ich meinen Scherz schleunigst auf. »Sorry. Natürlich ist er interessiert. Ich habe ihm deine Kontaktdaten gegeben. Er meldet sich bei dir.«

»So einfach?«

»Warum nicht? Wenn man eine konkrete Frage stellt, bekommt man meist auch eine konkrete Antwort.«

»Okay. Aber ...«

»Was ist? Hab ich was falsch gemacht?«

»Na ja, nein, du nicht. Aber ist das nicht etwas unromantisch?«

»Ich habe den Mann nicht zu dir an den Tisch gezerrt und entschieden, dass ihr jetzt ein Paar seid. Wart's ab! Ihr müsst euch erst mal kennenlernen.«

»Okay.«

»Ich musste deinen Schwarm nur auf den richtigen Weg bringen. Hey, hast du mich jemals unromantisch erlebt?«

»Ähm, ja ... ich erinnere mich an eine Party, bei der du mir auf die Jeans gekotzt hast.«

»Da wollte ich auch keinen Kerl aufreißen. Sieh es mal so: Wir hätten uns sonst niemals kennengelernt. Wenn das nicht romantisch ist.« Ich grinse breit, leere meine Kaffeetasse und schnappe mir meine Tasche. »Ich muss jetzt los. Ein neuer Kunde wartet. Die Braut weiß noch nichts von ihrem Glück.«

Auch Jen steht auf und zieht ihre Jacke über. »Du hilfst ihm beim Heiratsantrag?«

»Ja! Ich habe den schönsten Job der Welt!«

»Sag noch einmal, du kannst keine Menschen zusammenbringen. Jetzt musst du das nur noch für dich selbst hinbekommen.«

Ich hebe beide Hände. »Ich bin bereit. Mein Prinz darf gern auf seinem Schimmel angeritten kommen.«

»Der steht wahrscheinlich im Stau. Vielleicht musst du ihm ein wenig entgegenreiten.«

»Haha«, mache ich beleidigt. »Das ist alles nicht so einfach.«

»Ich weiß das. Und ich würde dir ja gern helfen, aber ich habe ehrlich gesagt keine Ahnung, was du eigentlich möchtest.« Jen wirft noch einen flüchtigen Blick zu Sebastian und lächelt ihn an. Dann verlassen wir zusammen den Coffeeshop.

Draußen auf der Straße wende ich mich ihr wieder zu. »Ich weiß es selbst nicht. Ich warte einfach auf den Richtigen.«

»Wenn du mich fragst, hast du den Richtigen schon gehabt und einfach ziehen lassen.«

»Das bedarf keines weiteren Kommentars«, erwidere ich und verabschiede mich mit einem Küsschen auf die Wange von meiner Freundin.

Kapitel 2

»Gertrud, ich kündige!« Ich hebe resigniert die Hände, drehe mich auf dem Absatz um und verlasse den Laden meiner Tante. Ich bin extra aus Freiburg angereist – schon wieder – erledige meine Termine zuhause lediglich über Internet und Telefon und finde hier ein Brautpaar vor, das sich permanent in den Haaren hat.

Draußen ist es angenehm warm und sonnig. Einige Dorfbewohner sind unterwegs und recken aufgrund der Aufregung in Gertruds Laden bereits neugierig ihre Hälse. Typisch Himmelreich!

»Das darfst du gar nicht!«, ruft meine Tante mir aufgebracht hinterher.

Flink, wie ich sie gar nicht kenne, hat sie mich bereits auf der Treppe zum Gehweg eingeholt und hält mein rechtes Handgelenk fest. »Du kannst nicht kündigen!«

»Und ob ich das kann! Dieses Hin und Her macht mich wahnsinnig. Ihr macht mich wahnsinnig. Das ganze Dorf ist komplett bescheuert. Ich weiß schon, warum ich hier abgehauen bin.«

»Nicole Marie Baumeister!«

Hoppla. Die harten Geschütze fährt meine Tante eigentlich selten auf. Normalerweise kann sie keiner Stechmücke etwas zuleide tun, und deshalb klingt mein voller Name aus ihrem Mund schon fast bedrohlich. Bevor sie jetzt noch den Furcht einflößenden Zeigefinger hebt, drehe ich mich lieber zu ihr und verschränke abwartend die Arme.

»Ich glaube nicht, dass deine Mutter dir beigebracht hat, so zu fluchen und auf Himmelreich zu schimpfen. Entschuldige dich gefälligst.«

»Äh ... bei wem?«

Gertrud verschränkt ebenso die Arme und scheint selbst nicht zu wissen, wen sie gerade gemeint hat. »Na ... bei deiner Heimat!«

Oje, es wird immer schlimmer. Dass meine Tante ein wenig ... anders ist als andere, weiß ich, aber der Dachschaden ist womöglich größer, als ich angenommen habe. Wenn ich es mir recht überlege, passt sie allerdings wunderbar in dieses Kaff. Immerhin wird es vom König der Idioten regiert.

Noch immer sieht mich Gertrud mit nach oben gezogenen Augenbrauen an, die übrigens viel zu dünn gezupft sind – das muss ich bei Gelegenheit ansprechen.

Wartet sie ernsthaft auf eine Entschuldigung?

»Gertrud, Tantchen, ich kann gar nicht mehr zählen, wie oft Johann und du euch in den letzten Tagen getrennt und wieder versöhnt habt. Falls du es vergessen hast, du hast mich höchstpersönlich schon heimgeschickt, weil du die Hochzeit platzen lassen wolltest. Nur gut, dass ich noch nichts abgesagt hatte, denn kurze Zeit später hast du mich wieder her zitiert. Aber statt dass wir alle gemeinsam ein wunderschönes Fest planen, hören die Verdächtigungen und Vorwürfe einfach nicht auf. Ich dachte, das war geklärt und ihr habt alle Missverständnisse aus dem Weg geräumt.«

Nachdenklich sieht Gertrud mich an. »Es ist alles geklärt.«

»Ronja hat mir erzählt, dass ihr euch auf einer der vielen Gemeinderatssitzungen fast an die Gurgel gegangen seid.«

»Da übertreibt sie maßlos!«

»Du hast Johann einen Verräter genannt.«

»Kann nicht sein!«

»Er hat dich als aufgeblasenes Huhn betitelt.«

»Das war liebevoll gemeint.«

Ich flippe gleich aus. Was will die Frau? Dank meiner guten Kinderstube stürze ich mich nicht auf sie, sondern atme ein paar Mal tief ein und wieder aus.

»Okay, Tante Gertrud, vielleicht habt ihr euch nur im Eifer des Gefechts schwer beleidigt. Schließlich kenne ich dein Temperament. Und laut Ronja und Fee war die Sitzung sowieso ein einziges Chaos mit vielen erhitzten Gemütern. Ich möchte genau wie du und Johann, dass ihr zwei wieder zusammenfindet. Das wollt ihr doch, oder?«

»Ich denke schon.«

»Öhm ... Lass uns heiraten. Ich denke schon, dass das eine ganz nette Idee ist«, äffe ich sie nach und werde dann wieder ernst: »Gertrud, ich habe ja nicht so viel Lebenserfahrung wie du, aber ihr solltet euch bei diesem Schritt schon sicher sein, meinst du nicht? Die Ehe ist doch eine heilige Institution. Die Scheidungsrate meiner Paare liegt bei unter 10 Prozent. Darauf bin ich sehr stolz. Verdirb mir das also bitte nicht!«

Ich sehe sie an und warte auf eine Reaktion. Zu gern wüsste ich manchmal, was in diesem Kopf vorgeht, auf dem Gertrud schon wieder einen Lockenwickler vergessen hat. Ich frage mich, ob sie damit einen neuen Trend setzen möchte oder ob sie tatsächlich so zerstreut ist. Vielleicht sieht sie auch schlicht und ergreifend nicht in den Spiegel.

Da Gertrud noch immer guckt wie eine Kuh, wenn's blitzt, mache ich ihr einen Vorschlag: »Wenn du keine Antwort darauf hast, empfehle ich euch eine Paartherapie, um ...«

»Was!?«, krächzt sie. »Ich bin doch nicht meschugge!«

»Das hat doch damit nichts zu tun. In solch einer Therapie finden Paare heraus, ob ...«

»Ich gehe zu keinem Seelenklempner!«

»Lass mich doch mal ausreden!« Gott, gleich werde ich meschugge! »Lisa ist kein Seelenklempner. Sie ist darauf spezialisiert, Paare wieder auf einen Nenner zu bringen, herauszufinden, ob die Beziehung noch funktionieren kann.«

»Wer ist Lisa?«

»Lisa Scardelli? Pietro Scardellis Tochter? Du weißt schon, der Inhaber der Pizzeria. Die liegt ein Stückchen weiter östlich die Straße entlang«, foppe ich sie.

»Ich weiß, wer Pietro ist«, antwortet Gertrud empört.

Ich atme tief durch. »Komm schon, einen Versuch ist es wert. Ich dachte, ihr liebt euch.«

»Ja, ja. Von mir aus. Aber lebt die kleine Scardelli nicht in Wien?«

»Ach, das weißt du also? Allerdings solltest du als wandelnde Bild-Zeitung darüber informiert sein, dass Lisa seit einiger Zeit auch eine Praxis hier in Himmelreich hat. Auf dem Gut von Valentina und Jan. Meine Güte, ich kenne mich ja besser aus als du, und ich wohne nicht mal hier.«

»Wie du meinst. Aber wer sind jetzt noch mal Valentina und Jan?«

Einen Moment sehe ich sie ungläubig an, doch dann beginnt sie schon zu grinsen.

Verstehe, jetzt werde ich gefoppt.

***

Bis auf die Organisation von Tante Getruds Hochzeit und ein paar Treffen mit meinen neuen Freundinnen Fee, Ronja und Lila ist Himmelreich stinklangweilig. Zumal Lila sich ja auch schon wieder verabschiedet hat. Okay, die Sache mit den gefundenen Saurierknochen und deren Diebstahl hat schon einiges Aufsehen erregt, nur bin ich kein ausgemachter Dino-Fan.

Da mich Gertrud jedoch als Hochzeitsplanerin engagiert hat, bin ich jetzt wieder häufiger in meiner Heimat anzutreffen. Selbstverständlich werden hier schöne Erinnerungen an meine Kindheit und Schulzeit wach. Ich hatte damals viele Freunde in Himmelreich, allein in Sichtweite von unserem damaligen Haus wohnten drei meiner Freundinnen. Aber es gibt auch Dinge, die ich gern endlich aus meinem Kopf verbannen würde.

Was würde da besser helfen, als ein gemütlicher Fernsehnachmittag mit meinem absoluten Lieblingsfilm in Verbindung mit einer Generalüberholung diverser Körperteile. Meine Gesichtshaut braucht ganz dringend ein

Peeling und Feuchtigkeit, die Augenbrauen eine Korrektur und Finger- und Fußnägel einen neuen Anstrich.

Bevor ich die Glotze in Gertruds altmodischem Wohnzimmer anschalte, gönne ich mir noch eine Wechseldusche und kuschle mich dann in meinen flauschigen pinken Bademantel. Auch wenn der die Hälfte meines Koffers ausgefüllt hat, er musste einfach mit nach Himmelreich kommen. Gertruds alten, kratzigen Gästebademantel braucht wirklich kein Mensch.

Meine gewaschenen Haare wickle ich in ein pinkes Handtuch ein und beginne, mein Gesicht mit einer rosafarbenen, nach Erdbeeren duftenden Peelingmaske zu bedecken. Danach schnappe ich mir eine Tüte Erdbeermarshmallows und mein Kosmetiktäschchen, breite meine Beautyprodukte auf dem kleinen Tisch im Wohnzimmer aus und lasse mich auf der Couch nieder. Sie ist braun und mindestens fünfzig Jahre alt. Auch die restlichen Möbel sind alles andere als zeitgemäß, aber sie erfüllen ihren Zweck. Immerhin gibt es einen DVD-Player, den ich noch mit meiner Lieblings-DVD bestücke. Er startet sofort mit der Vorschau, als ich den Röhrenfernseher einschalte. Ich bin ja durchaus begeistert, dass Gertrud inzwischen einen Farbfernseher besitzt, gibt es die Dinger doch bereits seit Mitte der 60er Jahre. Aber soweit ich mich erinnere, hat meine Tante sowieso eher selten ferngesehen, wie eigentlich alle hier im Dorf. Den neuesten Klatsch und Tratsch gab es ohnehin zuerst in Gertruds Laden.

Noch während das kleine Mädchen auf der Mattscheibe eine Hochzeit mit Barbiepuppen nachstellt und eine Szene später als erwachsene Frau einer Braut mit berührenden Worten ihre Nervosität nimmt, entferne ich flink meinen Nagellack namens Opulent Pink und greife mir das Fläschchen mit der Farbe Insolent Magenta. Der Lack passt einfach besser zu dem Blazer, den ich mir für den morgigen Besuch bei Lisa Scardelli zurechtgelegt habe. Dann lehne ich mich zurück, lasse die Farbe an Händen und Füßen trocknen und verfolge mit wissendem Lächeln Jennifer Lopez' Versuche, jedes noch so kleine Problem auf einer Hochzeit professionell zu eliminieren. Die Frau ist perfekt! Nicht nur ihr Kostüm, die Frisur und das Make-up, sondern auch ihr Umgang mit den Schwierigkeiten auf einer großen Hochzeit. Aus diesem Film habe ich bereits so viele Krisenbewältigungsmaßnahmen geklaut, dass es langsam an der Zeit wäre, ein Honorar dafür zu zahlen – oder zumindest eine Dankeskarte zu schreiben.

Obwohl ich während meines Studiums durch den Nebenjob in der Videothek unzählige Filme angesehen habe, hat mich diese Liebesschnulze am meisten fasziniert. Inzwischen kann ich jeden Satz mitsprechen und ertappe mich des Öfteren dabei, wie ich Bräuten mit genau denselben Worten die Angst vor diversen Pannen nehme. Ich kann nur hoffen, dass keine davon den Weddingplanner so gut kennt wie ich.

Nachdem ich mich vergewissert habe, dass mein Nagellack getrocknet ist, greife ich in die Tüte mit den Marshmallows und vernichte sie bis zum Ende des Films. Zum Glück komme ich nicht häufig zu derartigen Entgleisungen, sonst könnte ich meinen Hintern in ein Zelt kleiden.

Meine Peelingmaske ist inzwischen so trocken wie die Wüste Gobi und blättert an den Rändern von meinem

Gesicht. Also wasche ich mir die Reste schnell ab und trage eine dicke Schicht Anti-Aging-Creme auf. Bisher blieb ich zwar von Falten verschont, aber man kann nie früh genug damit anfangen. Sicher lässt sich der Alterungsprozess durch konsequente Pflege ein paar Jahre hinauszögern. Wenn gar nichts mehr hilft, werde ich wohl doch mehr Marshmallows essen müssen, um die Falten wieder glattzuziehen.

Während des fast zweistündigen Films, der mich jedes Mal alles um mich herum vergessen lässt, sind natürlich auch meine Haare unter dem Handtuch angetrocknet und sehen nun aus, als hätte ich in die Steckdose gegriffen. Also befeuchte ich meine blonde Mähne erneut und föhne sie anschließend sorgfältig über der Rundbürste trocken. Danach fallen mir die Haare wieder wie gewohnt in schönen Wellen über den Rücken.

Zwar habe ich keinen Plan, was ich als nächstes in Himmelreich anstellen werde, ziehe mir aber dennoch ein leichtes Sommerkleid in Rosé über und lege dezentes Make-up auf. Ohne gehe ich nicht aus dem Haus. Man weiß schließlich nie, wem man begegnet. Womöglich dem Traumprinzen schlechthin. Obwohl meine Chancen in diesem Kaff sicher gegen Null tendieren.

Nach einem letzten prüfenden Blick in den Spiegel schnappe ich mir meine pinkfarbene Handtasche und verlasse Gertruds Wohnung.

Kapitel 3

Gertrud und Johann quälen sich aus meinem pinkfarbenen 911er Carrera und strecken erst einmal die Glieder. Der Pfarrer tut gerade so, als hätte ich ihn tagelang in eine kleine Holzkiste gesperrt.

»Bist du sicher, dass der Wagen für vier Menschen konstruiert wurde?«, fragt er mich, während es besorgniserregend in seinem Rücken knackt.

»Eigentlich schon. Aber scheinbar ist eine Altersbegrenzung für die Rückbank notwendig.«

»Also, ich fand die Fahrt richtig aufregend. Wie wir an den Feldern vorübergebraust sind ...«, schwärmt hingegen Gertrud.

»Wir sind satte fünfzig Kilometer pro Stunde gebraust«, werfe ich ein.

»Wahnsinn!« Ihr Lächeln ist geradezu euphorisch.

Ich sollte den beiden meinen kleinen Flitzer vielleicht ein paar Tage ausleihen, er scheint Gertruds miese Stimmung weggefegt zu haben. Dass sie sich mit einhundertachtzig Sachen um einen Baum wickelt, brauche ich ja nicht zu befürchten.

»So, wo finden wir jetzt die kleine Scardelli?«, fährt Gertrud fort.

Ich sehe mich auf dem Hof um. Hier hat sich einiges verändert. Abgesehen vom Haupthaus und einem Stall, denen man ihr Alter ansieht, sind die restlichen Gebäudeteile modernisiert worden. Dort, wo sich die alte Scheune befand, ist offenbar das Seminarhaus entstanden. Bei dem Brand damals sind wohl nur die Grundmauern erhalten geblieben. Im größtenteils mit Glas ausgestatteten Erdgeschoss findet gerade eine Gruppensitzung statt. Die Teilnehmer hocken im Kreis auf ihren Matten auf dem Boden und hören wie gebannt dem Kursleiter zu. Für mich sieht das Ganze nach Schwangerschaftsgymnastik aus, wogegen allerdings die Anwesenheit mancher männlicher Beteiligter spricht. Bei Gelegenheit muss ich Valentina fragen, was das genau für Seminare sind, die hier angeboten werden.

Außer den Kursteilnehmern entdecke ich allerdings niemanden auf dem Gelände. Deshalb steuere ich kurzerhand das Seminarhaus an, in dem sich auch Lisas Büro befinden muss.

Tatsächlich ist ein kleines Schild neben der Tür angebracht, das auf die Paartherapie im ersten Stockwerk hinweist. Gertrud und Johann im Schlepptau, betrete ich das Gebäude und steige die Treppen in den ersten Stock hinauf. Gleich rechts hängt ein zweites Schild mit Lisas Logo darauf.

»Hallo?«, rufe ich in den Raum hinein, noch während ich an der Tür klopfe.

»Kommt rein«, höre ich Lisas helle Stimme aus einem Nebenraum. »Ich bin sofort da.«

Wir betreten gemeinsam das kleine Büro, das weder durch ein Empfangszimmer noch durch einen Tresen abgetrennt ist.

Dann erscheint Lisa in der Tür und gibt jedem die Hand. Ihre langen dunkelbraunen Locken trägt sie offen, und sie sieht aus, als wäre sie frisch und erholt von einem vierwöchigen Urlaub zurück.

Früher stand sie ständig unter Strom, ist immer nach Gottstreu ins Fitness-Studio gerannt und hat ihr Handy nie aus der Hand gelegt. Jetzt hat sie ein entspanntes Lächeln auf den Lippen und lehnt sich lässig an die Rückenlehne eines Ohrensessels.

»Bitte, setzt euch doch«, wendet sie sich an Gertrud und Johann. Dann sieht sie mich freundlich an. »Nicole, möchtest du im Aufenthaltsraum des Zentrums oder lieber auf dem Hof warten? Ich kann dir gern noch einen Kaffee machen.«

»Was?«, grätscht meine Tante dazwischen. »Damit ich mich hinterher noch für ein Huhn halte? Nichts da! Nicole bleibt hier. «

»Nein, danke«, entgegne ich. Nicht, dass ich hinterher noch einen Psychologen brauche!

»Keine Sorge«, beruhigt Lisa sie lachend. »Ich habe keine Spezialausbildung in Hypnose. Es ist auch unüblich, dass eine dritte Person bei einer Paartherapie anwesend ist.«

»Siehst du. Ich warte auf dem Hof. Und ja, einen Kaffee nehme ich gern.«

»Mach ich dir. Darf ich euch auch etwas zum Trinken anbieten?«, fragt Lisa nun bei Gertrud und Johann nach, die sich endlich auf der Couch niederlassen. »Vielleicht ein Wasser?«

Beide schütteln den Kopf.

»Ich bin gleich wieder da«, sagt Lisa und verschwindet wieder im Nebenraum.

Meine Tante sieht sich skeptisch im Raum um. Ihre Euphorie nach der Rennfahrt hierher ist verflogen. Ich bin mir nicht sicher, ob sie der Therapie eine Chance geben wird. Johann hingegen kratzt sich nur unsicher am lichten Hinterkopf. Dem könnte man wahrscheinlich alles einreden.

Mit einem herrlich duftenden Kaffee in der Hand kommt Lisa wieder durch die Tür. Ich nehme ihr dankend die Tasse ab und mache mich schleunigst auf den Weg ins Freie.

Ich hoffe inständig, dass sie nun alle Missverständnisse und Streitereien zwischen Gertrud und Johann beseitigen kann. Mit Gertrud ein halbwegs normales Gespräch zu führen, wird aber sicher nicht einfach. Da bin ich froh, dass ich draußen warten darf. Hier scheint wenigstens die Sonne, nur ein paar Wolken sind am Horizont zu sehen. Es riecht nach frischem Heu und ist wunderbar ruhig.

Ich mache es mir auf einer Bank bequem, strecke meine Beine von mir und beobachte Jan Geiger - den Inhaber des Zentrums - wie er ein riesiges schwarzes Pferd über den Hof führt. Er nickt mir höflich zu und verschwindet dann in einem der Ställe.

Neben der Scheune, wo der Weg zu den Feldern führt, liegt ein riesiger Haufen Erde, daneben steht ein Bagger. Valentina hat erst letzten Monat erwähnt, dass nun die Bauarbeiten für den Außenbereich beginnen. Ein asiatischer Garten soll hier entstehen, für Hochzeiten und andere Anlässe. Das muss ich unbedingt im Hinterkopf behalten, falls eines meiner Brautpaare hier in der Umgebung heiraten möchte. Das wird sicher fantastisch.

Ich habe noch nicht einmal meinen Kaffee ausgetrunken, da bemerke ich, wie die Tür des Seminarhauses aufgerissen wird und Gertrud hinausstürmt – allein. Oh nein!

»Gertrud? Was ist passiert?«, rufe ich ihr entgegen.

Sie kommt auf mich zu und legt ein Lächeln auf. Es wirkt jedoch nicht fröhlich, sondern verkrampft.

»Nicole, Liebes«, flötet sie.

Das macht mir Angst.

»Ich danke dir. Ich danke dir sehr. Die Idee der Paartherapie war ausgesprochen gut. Jetzt sehe ich endlich klarer.«

Puh ...

»Johann ist nicht der Richtige für mich«, fährt sie fort. »Das ist mir nun bewusst geworden.«

Nicht puh!

»Aber was ...?« Mehr bekomme ich nicht herausgequetscht.

Was soll das? Bin ich im falschen Film?

Gertrud streicht über meine Oberarme und seufzt zufrieden. »Dieses Gespräch hat mir die Augen geöffnet. Ich bin sehr froh, dass du mich dazu überredet hast.«

Ich habe sie überre... Oh mein Gott! Trage ich die Schuld an ihrer Trennung?

Mir wird schlecht.

Geschockt starre ich Gertrud hinterher, die erhobenen Hauptes vom Hof schreitet.

War es das jetzt mit ihr und Johann? Endgültig? Ob ich ihr anbieten soll, sie nach Hause zu fahren?

Aber ich bekomme keinen Ton aus meinem geöffneten Mund, und bewegen kann ich mich schon gar nicht.

Nach einer gefühlten Ewigkeit laufe ich wie in Trance zum Seminarhaus und steige die Treppe zu Lisas Praxis nach oben. Bevor ich jedoch anklopfen kann, wird die Tür geöffnet und Johann steht vor mir. Mit einem unergründlichen Gesichtsausdruck sieht er mich an und geht an mir vorbei.

»Johann?«, halte ich ihn mit unsicherer Stimme auf.

Er dreht sich um und seufzt, sieht enttäuscht aus.

»Es tut mir so leid«, flüstere ich weiter.

»Es ist nicht deine Schuld.«

»Ich fühle mich aber so. Kann ich irgendetwas tun?«

Langsam schüttelt er den Kopf. »Ich fürchte, nein.«

»Soll ich dich vielleicht nach Hause fahren?«

»Nein danke, Nicole. Eine Fahrt in diesem Schuhkarton reicht mir. Ein kleiner Lauf tut mir ganz gut. Zu schade, dass ich meine Joggingsachen nicht dabeihabe.«

Nicht schade – Gott sei Dank!

Ich verkneife mir einen Kommentar, nicke nur und warte, bis Johann das Gebäude verlassen hat. Dann betrete ich zögerlich Lisas Praxis.

»Komm nur rein«, seufzt sie. Offensichtlich hat sie mich bereits bemerkt.

Sie sitzt in sich zusammengesunken auf einem Sessel und klickert ununterbrochen auf der Druckhülse eines Kugelschreibers herum.

»Das erste Mal?«, frage ich.

»Dass sich ein Paar während einer Sitzung trennt?«

Ich nicke.

»Nein, das ist mir tatsächlich schon einige Male passiert. Du wirst nicht glauben, welche Abgründe sich hier manchmal auftun. Ich bin nur froh, dass ich noch keinen Mord live miterlebt habe.«

»Was ist denn nur passiert?«

Lisa atmet erneut tief durch. »Da ich Gertruds und Johanns Gezanke und die anschließenden Versöhnungen ja nun auch schon in Himmelreich mitbekommen habe, wollte ich wissen, wo das grundsätzliche Problem liegt.«

»Und wo liegt es?«

»Gertrud sagt, es geht um die gegensätzlichen Meinungen zur Pastillenfabrik. Eins kam zum anderen. Sie haben wieder diskutiert. Die Dinosaurierknochen wurden angesprochen, und da wurde es mir klar ...« Sie macht eine theatralische Pause, aber ich wage es nicht, nachzuhaken.

»Johann hatte behauptet, Gertrud hätte sie entwendet, richtig?«, fragt Lisa nun.

Ich nicke stumm.

»Über diesen Vertrauensbruch ist sie noch nicht hinweg«, schlussfolgert sie endlich. »Johann hat ihr etwas unterstellt, und das hat sie tief verletzt. Auch wenn sich herausgestellt hat, dass Gertrud nicht der Dieb war, steht diese Anschuldigung im Raum. Das lässt sich nicht so einfach wegdiskutieren.«

»Oh«, mache ich nur. Das ist schlimmer als erwartet. »Und was sagen die beiden dazu?«

»Ich bin leider gar nicht dazu gekommen, diese Erkenntnis mit ihnen zu teilen. Gertrud hat so viel geredet und Johann ständig Vorhaltungen gemacht. Plötzlich platzte es aus ihm heraus, dass ihre Pastillen schrecklich sind.«

Mit großen Augen starre ich Lisa an. »Das hat er nicht wirklich gesagt!«

»Leider doch. Gertrud ist hier erstaunlich ruhig geblieben, hat ihre Tasche genommen und ist gegangen.«

»Einfach so?«

»Ich denke, deine Tante weiß tief in sich drin, dass sie schwer enttäuscht ist. Im Moment wird sie allerdings sagen, sie ist wütend auf Johann. Wenn es doch noch eine Chance für die Beziehung geben soll, müssen wir ihr das klarmachen, und die beiden müssen eine neue Vertrauensbasis schaffen. Dafür muss Gertrud aber bereit sein.«

»Es tut mir schrecklich leid für die beiden. Wie ich meine Tante kenne, wird sie nicht so einfach nachgeben.«

»Ja, ich kenne sie auch«, meint Lisa. »Und das ist ja gerade das Traurige. Zum ersten Mal führe ich ein Gespräch mit einem Paar, das ich vorher persönlich kannte, und dann passiert so etwas. Vor allem, so kurz vor der Hochzeit.« Sie steht auf und greift nach meiner Tasse. »Möchtest du einen frischen Kaffee? Oder lieber einen Schnaps? Ich könnte eine Bloody Mary vertragen.« Sie lächelt gequält.

»Halte ich dich denn nicht auf?«

»Diese Sitzung war leider schneller beendet als geplant. Und ich habe heute sowieso keinen weiteren Termin. Himmelreich ist nicht gerade hoch frequentiert, was gescheiterte Beziehungen angeht.«

»Was ja nichts Schlechtes ist.«

»Um Gottes willen, natürlich nicht. Nur ist es eben mein Job, gescheiterte Beziehungen wieder zu kitten.«

»Und meiner ist es, Paare unter die Haube zu bringen. Ich schätze, wir haben beide gerade kläglich versagt.«

»Das wird hoffentlich wieder. Wie ich deine Tante kenne, kann sie doch nicht lang böse auf jemanden sein.« Sie schwenkt die Tasse und sieht mich fragend an.

Ach ja, der Kaffee. »Gern.«

Lisa geht nach nebenan und hantiert an der Kaffeemaschine herum. »Sag mal, wie sieht es eigentlich bei dir in Sachen Liebe aus? Du wolltest doch auch immer vor der großen Dreißig heiraten, oder? Ich kriege aus Himmelreich leider nicht mehr viel mit«, ruft sie durch die offene Tür.

Zum Glück sieht sie mein Gesicht nicht, denn dann würde sie sicher denken, mich hätte gerade ein Panzer überrollt. Tatsächlich bereitet mir eine solche Frage große Schmerzen, aber das binde ich ja nicht jedem auf die Nase. Deshalb richte ich mich blitzartig auf und lege ein höfliches Lächeln an den Tag, als sie mit zwei dampfend heißen Tassen Kaffee den Raum wieder betritt und sich mir gegenübersetzt.

»Ich warte auf den perfekten Mann«, antworte ich und kann nicht verhindern, dass es ein klein wenig trotzig klingt.

»Und wie stellst du dir diesen perfekten Mann vor?«

»Ganz klassisch, nichts Besonderes.« Ich zucke mit den Schultern. Wer hat da schon eine ganz genaue Vorstellung? »Humorvoll eben, und romantisch. Aber nicht zu romantisch. Ein klein wenig Macho darf schon dabei sein. Aber nur ein bisschen, weißt du? Ein gesundes Selbstbewusstsein sollte er haben. Aber nicht arrogant. Das kann ich gar nicht leiden. Diese selbstgefälligen Typen, die gut aussehen und das auch ganz genau wissen und ausnutzen, habe ich gefressen. Mein Traummann sollte fähig sein, eine Frau mit Respekt zu behandeln. Er muss jetzt nicht den Knigge auswendig können, aber auf gute Umgangsformen lege ich schon Wert. Ein Gentleman, verstehst du? Aber kein Weichei. Und was ganz wichtig ist: Reinlich sollte er sein – er selbst und sein Umfeld. Ich hasse nichts so sehr wie Körpergeruch und Unordnung. Ich selbst lege auch viel Wert auf ein gepflegtes Äußeres, dann sollte das der Mann ebenso tun. Ach, und einen anständigen Job sollte er haben. Weißt du, was ich meine? Einen, bei dem er nicht permanent durch die ganze Welt jetten muss.«

Lisa sieht mich mit großen Augen an und schüttelt den Kopf. »Denkst du da an eine bestimmte Berufsgruppe? Pilot zum Bespiel ist doch ein anständiger Job. Obwohl die häufige Abwesenheit sicher auch nicht sehr förderlich für die Beziehung wäre ...«

»Nein, Piloten meine ich eigentlich nicht«, falle ich ihr ins Wort. »Zumal die ja auch oft den Ruf haben, nichts anbrennen zu lassen. Die sind schon von meiner Liste gestrichen.«

»Hast du tatsächlich eine Liste?« Lisa sieht besorgt aus.

»Nein ... also keine physische. In meinem Kopf vielleicht, ja.«

»Da kann ich dir nur raten, die ganz schnell zu vergessen. Ich hatte früher für alles und jeden eine Liste. Ich habe eine Pro- und Contra-Gegenüberstellung gemacht, ob eine Beziehung mit Kai funktionieren kann. Absolut idiotisch, im Nachhinein betrachtet. Man muss es einfach auf sich zukommen lassen. Und siehe da, die Beziehung mit ihm ist fantastisch!«

»Wie hast du dann gewusst, dass er der Richtige ist?«

»Ich wusste es nicht, anfangs zumindest. Als ich ihn kennenlernte, konnte ich ihn nicht leiden.«

»Was? Also ich glaube, ich weiß es sofort, wenn jemand für mich bestimmt ist.«

»Du meinst Liebe auf den ersten Blick?«, fragt Lisa, schlägt ein Bein über das andere und beugt sich interessiert nach vorn.

»Ja, selbstverständlich. Ich bin davon überzeugt, dass es sie gibt.«

»Oh ja, das will ich auch gar nicht anzweifeln. Da kenne ich genug Beispiele. Aber ich habe eben auch schon viele Beziehungen kaputtgehen sehen, obwohl es Liebe auf den ersten Blick war. In den meisten Fällen ist es doch so, dass man sich zunächst kennenlernen muss, und dass sich die Liebe dann langsam entwickelt.«

»Ich kann bei der ersten Begegnung einschätzen, ob der Richtige vor mir steht«, behaupte ich kühn.

»Hattest du denn schon Beziehungen?«

Fragt sie das jetzt ernsthaft? Ich bin sechsundzwanzig Jahre alt.

Meinen ungläubigen Gesichtsausdruck deutet sie wohl als Ja. »Und hast du da gedacht, es sei der Richtige?«

»Ja ... ähm ...«

»Und warum seid ihr dann nicht mehr zusammen?« Lisa legt den Kopf schief, lächelt mich aber liebevoll an. Keine Spur von Hab-ich's-dir-doch-gesagt.

Dennoch fühle ich mich ertappt. »Er war eigentlich der perfekte Mann, aber sein Job hat die Beziehung versenkt.«

»So schlimm?«

»Ständig unterwegs, nur die schönsten Frauen um sich herum – und was ich ganz besonders anstrengend fand, war sein Auto.«

»Wieso war sein Auto anstrengend?«

»Weil ich immer das Gefühl hatte, dass zuerst das Auto kommt und dann erst ich.«

»Oh, verstehe. Da gibt es ja leider sehr viele Männer, denen ihr Auto heilig ist. Aber das kann man sicher irgendwie unter einen Hut bekommen, wenn man sich liebt. Meine Meinung.«

»Es lag nicht daran, dass er zu viel Pflege oder Zeit in diesen blöden Wagen gesteckt hätte. Das Problem war, dass dieses Teil überall mit hinmusste.«

Lisa verzieht den Mund. »Wie darf ich das verstehen?«

»Auf sämtliche Reisen, ob nun privat oder geschäftlich, hat er seinen Wagen mitgenommen.«

»Oh Gott, ihr seid sämtliche Strecken mit dem Auto gefahren? Egal wie weit? Ich meine, wo musste er denn geschäftlich hin?«

»Überall. Italien, Frankreich, USA, Kuba, Thailand, Brasilien ... Er hat das Ding tatsächlich verschiffen lassen.«

»Nicht dein Ernst! Das kostet doch ein Vermögen.«

»Ihm war es egal. Hauptsache, sein geliebtes Baby war dabei.«

Ich sehe Lisa an, dass es ihr schwerfällt, mir zu glauben.

»Also, ich höre zum ersten Mal, dass jemand in diesem Maße abhängig von seinem Auto ist. Sehr kurios. Gibt es dafür eine Erklärung?«

»Eine Meise hat er. Das ist die Erklärung.«

»Hat es vielleicht der Job erfordert? Was hat er denn gemacht?«

»Nein, der Job sicher nicht. Er bekam bei den Reisen immer alles gestellt. Er war Fotograf. Oder ist es sicher immer noch. Hat ihm schließlich jede Menge Geld und Telefonnummern eingebracht.« Ich schlucke meinen Ärger hinunter, den ich jedes Mal verspüre, wenn ich daran denke.

»Dann ist er sicher ein ziemlich erfolgreicher Fotograf.«

»Er lichtet Topmodels und Hollywoodsternchen an den faszinierendsten Orten der Welt ab.«

Wenn ich es mir recht überlege, klingt das traumhaft, aber aus meinem Mund hören sich die Worte wenig begeistert an.

»Wow«, macht Lisa. Sie zeigt wesentlich mehr Enthusiasmus als ich. »Das muss toll sein.«

»Nicht für die Freundin des Fotografen«, weise ich sie auf mein damaliges Dilemma hin.

»Oh, sorry. Ja, sicher. Da muss man schon eine Menge Vertrauen in den Partner haben. Hatte er dir denn Anlass zur Sorge gegeben? Ich meine, hat er dich …«

»… betrogen? Nein, ich denke nicht. Ich hoffe nicht. Er hat gern geflirtet. Das ist mir schon etwas sauer aufgestoßen.«

»Wahrscheinlich hat es zu seinem Job gehört, den Models Komplimente zu machen, damit sie sich vor der Kamera wohlfühlen.«

Lisa ist so schamlos vernünftig. Von der Seite betrachtet wirke ich wie eine eifersüchtige Zicke. Aber wer würde denn nicht eifersüchtig werden, wenn unzählige halbnackte Frauen um den Partner herumtanzen?

»Er hat auch gern ihre Telefonnummern genommen, wenn sie sie ihm zugesteckt haben«, verteidige ich mich.

»Oh! Und hat er bei ihnen angerufen?«

»Nicht, dass ich wüsste.« Ich verschränke die Arme. »Aber er hätte sie auch ablehnen können.«

»Vielleicht war er nur zu höflich dafür. Manche Männer ...«

»Jetzt verteidige ihn doch nicht auch noch!«

Lisa legt sich eine Hand aufs Dekolleté. »Entschuldige. Ich verstehe dich ja. Es hat dich gekränkt, dass er nicht Nein gesagt und seine Freundin erwähnt hat, richtig?«

Nachdenklich studiere ich meine magentafarbenen Fußnägel, die aus den Sandaletten herausgucken. Inzwischen kommt mir mein damaliges Verhalten unheimlich kindisch vor.

»Ich glaube, die meisten Frauen hätten Probleme damit gehabt«, versucht mich Lisa nun zu beruhigen. »Und ich sehe, dass es dich noch immer beschäftigt.«

»Was? Nein! Tut es nicht!«

Warum nur streite ich das immer so vehement ab? Ist doch offensichtlich, dass mich die Trennung noch immer kratzt. Aber ich will das nicht. Und deshalb bin ich dagegen, dass ich jeden so auffallend mit der Nase darauf stoße. Was mir Lisas hochgezogene Augenbraue nur bestätigt.

»Ich vermute, dass ihr euch wegen seines Jobs und nicht wegen des Autos getrennt habt?«

»Es waren viele Dinge, mit denen ich nicht leben konnte.«

»Du sagtest, er war der perfekte Mann.«

»Ja, schon. Patrick war ein Gentleman, durch und durch.« Hoppla, das klang verträumter als beabsichtigt. Kann ich denn nicht einmal meine Gefühle für mich behalten? »Ich meine, immerhin wurde er gut erzogen als Sohn eines Pfarrers.«

»Oh ja, sicher eine gut behütete Familie.«

»Na ja, Johann hat sich früh von Patricks Mutter scheiden lassen, aber er hat ihm viel mit auf den Weg gegeben.«

»Moment mal! Du warst mit Pfarrer Wohlfahrts Sohn liiert?«

»Ja, ich dachte, das wüsstest du. Ich dachte, das wüsste jeder in Himmelreich. Zumal ich die Nichte der größten Klatschtante im Ort bin. Außerdem war unsere Beziehung anfangs ein echter kleiner Skandal in Himmelreich.«

»Tatsächlich? Davon habe ich nichts gehört in Wien, dabei ist das mindestens so spektakulär wie Dinosaurierknochen oder die Eroberung des Weltmarktes durch gewöhnungsbedürftige Halspastillen.« Sie zwinkert mir zu.

Ist das Ironie? Aber sie hat wohl recht. Wen interessiert schon ein Techtelmechtel zwischen mir und Johanns Sohn, das noch dazu Jahre her ist? Allerdings ist es schon ein witziger Zufall, dass gerade Patricks Vater und meine Tante heiraten wollen – oder auch nicht – ich weiß gar nichts mehr. Ob ich nun alle Bestellungen absagen soll? Nicht, dass Gertrud und Johann dann auf den Kosten sitzenbleiben. Vielleicht ist es dafür aber sowieso schon zu spät. Die beiden machen mich einfach nur irre.

»Wirst du ihn dann auf der Hochzeit von Gertrud und dem Pfarrer wiedersehen?«, reißt mich Lisa aus meinen Gedanken.

»Was? Patrick? Vermutlich. Wenn er zur Hochzeit kommt. Und wenn sie überhaupt stattfindet. Du scheinst da keine Zweifel zu haben.«

»Richtig, habe ich nicht. Du kennst deine Tante zwar besser als ich, aber ich glaube, dass die zwei das wieder geradebiegen.«

»Oder ich. Immerhin bin ich schuld an dem Theater.«

»Wie bitte? Wie kommst du denn darauf?«

»Ich wollte unbedingt, dass sie hierherkommen.«

»Das vergiss mal ganz schnell, verstanden? Du trägst doch keine Schuld an der Trennung! Du hast versucht, zu helfen. Gertrud und Johann sind erwachsen und selbst für ihre Beziehung verantwortlich. Sie brauchen wahrscheinlich nur einen Schubs.«

»Ja, wahrscheinlich. Meiner Meinung nach sind die beiden eigentlich füreinander geschaffen. So wie meine Eltern. Das ist die ganz große Liebe. Sie sind seit siebenundzwanzig Jahren verheiratet und glücklich damit.« Ich seufze. »Genau solch eine Beziehung möchte ich auch haben.«

»Das freut mich wirklich sehr für deine Eltern. Vor allem liegen sie weit über dem Durchschnitt von fünfzehn Ehejahren. Und du wirst dein Deckelchen auch noch finden, ganz bestimmt. Vielleicht wartet es schon hinter der nächsten Ecke.«

»In Himmelreich?«

»Oder sogar hier auf dem Hof.« Wieder lacht sie vergnügt.

»Nein, danke. Mit Typen, die auf dem Boden sitzen und versuchen, ihre innere Mitte zu finden, kann ich nichts anfangen.«

»Vielleicht hast du zu hohe Ansprüche. Den perfekten Mann gibt es sowieso nicht. Ich spreche aus Erfahrung. Sehr viel Erfahrung!«

»Doch, den gibt es, und ich werde ihn schon noch finden!«

Liebevoll lächelt Lisa mich an, als ob ich nicht alle Kühe auf der Weide hätte. Vermutlich glaubt sie, ich spinne. Aber ich bin einfach nur optimistisch.

»Sicher wirst du das.« Plötzlich sieht sie mich mit großen Augen an, als ob ihr die Idee des Jahrhunderts gekommen wäre. »Warum versuchst du es nicht einmal mit Online-Dating?«

»Wie bitte?«

»Meine Freundin Andy hat dadurch viele Männer kennengelernt.«

»Wahrscheinlich ausschließlich Exemplare, die nur Sex wollten. Ich will nicht Viele kennenlernen, ich will den Einen kennenlernen!«

»Dann musst du ihn wahrscheinlich aktiv suchen. Und wo ist das einfacher als im Internet? Ich gebe ja zu, es ist nicht die romantischste Methode, den Traumprinzen zu finden, aber die Chancen sind wesentlich höher, als wenn du dich hier ins McLeods setzt.«

»Hm ...« Schlagendes Argument, muss ich zugeben. Dennoch kommt das nicht für mich infrage. Wer weiß, was sich da für Affen melden?

»Ist nur ein Vorschlag«, beantwortet Lisa meinen zweifelnden Gesichtsausdruck und hebt die Hände.

»Ich denk drüber nach«, wiegle ich ab und stehe auf.

Zeit zu gehen. Nicht, dass mich Lisa hier und jetzt bei Parship anmeldet.

Ich reiche ihr die Hand. »Ich danke dir, auch für den Kaffee. Es war wirklich sehr nett. Wenn es etwas Neues gibt, melde ich mich. Vielleicht schleife ich die zwei

Streithähne nochmal her. Wie lange bist du denn noch in Himmelreich?«

»Zwei Wochen. Ich leite ein paar Seminare im Zentrum und hänge noch ein bisschen Urlaub dran. Ruf einfach an, wenn ihr Hilfe braucht.«

»Prima, das mache ich.«

Nachdenklich verlasse ich Lisas Büro. Sicher wirst du das, sagte sie. Sicher werde ich meinen perfekten Traumprinzen finden. Das hat sie nicht ernst gemeint. Ich bin ja nicht doof. Aber bin ich vielleicht zu optimistisch, denn ehrlich gesagt bekomme ich Herzrasen bei dem Gedanken, dass ich mit sechsundzwanzig Jahren nichts habe, woraus irgendwann eine Ehe und eine Familie werden könnte. Manche Männer brauchen viele Jahre, bis sie sich zu einem Heiratsantrag durchringen. Und wenn sie dann endlich verlobt sind, wollen sie sich mit der Hochzeit am liebsten noch ein paar Jahre Zeit lassen. Und bis dann ein Kind unterwegs ist, bin ich steinalt. Oh Gott, ich werde unverheiratet und kinderlos sterben! Eigentlich sollte das bis dreißig doch alles erledigt sein, so mein beherzter Plan. Allerdings wird die Zeit bis dahin immer knapper, was mir des Öfteren schlaflose Nächte bereitet.

Am Nachmittagshimmel haben sich einige Wolken ausgebreitet. Aber nicht die Tatsache, dass sich die Luft ein wenig abgekühlt hat, jagt mir einen Schauer über den Rücken, sondern mein bevorstehendes Gespräch mit Gertrud. Wie soll ich meine sture Tante nur dazu bewegen, nachzugeben und sich mit Johann zu versöhnen? Klar ist es suboptimal, wenn die selbst kreierten Produkte beim

Verlobten Brechreiz auslösen, aber das soll ja schließlich nicht Grundlage der Beziehung sein.

Gedankenverloren schlendere ich zu meinem 911er, der in den spärlichen Sonnenstrahlen glänzt, als wäre er gerade aus der Waschanlage gefahren. Mein Baby! Ich liebe diesen kleinen Flitzer, obwohl er wohl nicht ganz ins Dorfbild passt. Vor allem nicht zu dem grünen Traktor, neben dem er gerade parkt. Was habe ich für erstaunte Blicke vor einigen Wochen geerntet, als ich zum ersten Mal mit dem Wagen nach Himmelreich kam. Ob es an der Automarke oder der eigenwilligen Farbe lag, kann ich nicht sagen. Vermutlich beides. Zugegebenermaßen ist Pink bei Porsche keine Standardlackierung. Aber wer hat schon Lust auf langweiliges Schwarz, Weiß oder Rot? Oder Gelb? Mal ehrlich – ich bin doch nicht die Post!

Der Verkäufer hatte mich zwar mit einer Mischung aus Belustigung, Besorgnis und Verzweiflung angesehen, aber ich bestand auf der Sonderfarbe, habe sie bekommen – und niemals bereut.

Wenn ich nun an mir herunterschaue, die pinkfarbenen Sandaletten, das farblich passende Sommerkleid und natürlich – wie sollte es anders sein – die pinkfarbene Handtasche betrachte, muss ich allerdings zugeben: too much. Gott, dass mir das heute Morgen nicht aufgefallen ist. Ich sehe aus wie eine übergroße Barbie. Normalerweise versuche ich, meine Lieblingsfarbe mit Accessoires dezent in Szene zu setzen, aber das ist mir heute eindeutig nicht gelungen. Ich sollte dringend nach Hause und mich umziehen. Bei der Gelegenheit kann ich mich auch gleich mit Gertrud unterhalten.

Auf dem Weg ins Dorf komme ich an der Blumenwiese vorbei, auf der meine Freunde und ich als Kinder und Teenies oft gespielt haben. Während die Großen immer zum See gefahren sind, durften wir noch nicht ohne Aufsicht zum Wasser. Deshalb wurde die Wiese westlich des Dorfes zu unserer Wiese. Auch später kamen meine Freundinnen und ich oft hierher, um zu quatschen, zu picknicken oder Jungs zu treffen. Was haben sich hier manchmal für Dramen abgespielt!

Kurzentschlossen parke ich meinen Wagen am Straßenrand, ziehe meine Schuhe aus und stapfe barfuß die kleine Böschung hinab. Es tut so gut, die Grashalme an den nackten Füßen zu spüren und die warme Sommerluft einzuatmen.

Mit einem Kribbeln im Bauch nähere ich mich einer großen Trauerweide am Ufer des Baches, an dem wir uns damals abgekühlt haben, wenn die Tage doch zu heiß waren. Eine wirklich gute Alternative zum See.

Die Trauerweide ist weit und breit die einzige ihrer Art und war deshalb ein beliebter Treffpunkt bei uns. Auch wegen ihrer langen überhängenden Zweige, unter denen man sich toll verstecken konnte. Nicht selten hat man hier ein knutschendes Pärchen angetroffen.

Auch ich habe damals meinen ersten Kuss unter dem dichten Blätterdach bekommen – nicht den allerersten, aber den ersten von Patrick.

Ein paar Wochen später, als sich unsere Beziehung gefestigt hatte, haben wir ein kleines Herz mit unseren Anfangsbuchstaben in die Rinde der Weide geritzt. Viele unserer Freunde haben es hinterher als Kitsch abgetan, zumal ich bereits sechzehn und Patrick sogar schon zweiundzwanzig Jahre alt war. Aber wenn ich heute den Baumstamm betrachte, der übersät ist mit Herzchen und Buchstaben, denke ich, dass wir die absoluten Trendsetter waren. Lächelnd streiche ich über unsere Schnitzerei. Doch ein wenig tut mir meine Trauerweide schon leid, dass sie für die romantischen Ambitionen der Himmelreicher Pärchen herhalten musste.

Aus weiter Ferne höre ich ein Rumpeln, das ein Gewitter ankündigt. Schlagartig fährt ein kühler Wind über die Wiesen und durch die langen Äste meiner Weide.

Ich sollte mich schleunigst auf den Heimweg machen.

Noch als ich über die Wiese hinüber zu meinem Wagen hechte, erreichen mich die ersten Regentropfen. Kaum sitze ich hinter dem Lenkrad, prasselt es wie aus Eimern auf meine Windschutzscheibe.

Glück gehabt!

Ich starte den Elfer und setze meinen Weg ins Dorf fort, während ich hinter mir helle Blitze wahrnehme, dicht gefolgt von bedrohlichen Donnerschlägen.

Nichts wie rein ins Trockene!

Kapitel 4

Im Laden ist es dunkel, als ich meinen Wagen davor parke. Sehr komisch, denn Gertrud verbringt den Großteil ihrer Zeit in ihrem Geschäft. Außerdem ist noch nicht Ladenschluss - aber was heißt das hier in Himmelreich schon. Hier nimmt niemand die Ladenöffnungszeiten so richtig ernst - die Kunden nicht und die Händler auch nicht. Das trägt wohl zum Charme des Dorfes bei.

Ich spanne meinen pinken Regenschirm auf, den ich immer im Handschuhfach mit mir herumfahre, und flitze unter das Vordach. Der Nebeneingang führt über einen großzügigen Flur direkt zum ersten Stockwerk. Dort steuere ich zunächst das Zimmer an, das Gertrud mir zur Verfügung gestellt hat. Es ist nicht viel kleiner als meine gesamte Wohnung in Freiburg, aber recht spärlich und altmodisch ausgestattet. Früher war es das Zimmer meiner Cousine Charlotte, die jetzt allerdings in München lebt und die Karriereleiter in einer Unternehmensberatung hinaufsteigt.

In der Ecke steht ein schmales Bett, das mit Blümchenbettwäsche ausgestattet ist. Vermutlich aus den 70ern. Der

Bezug wäre das perfekte Geschenk beim Schrottwichteln zu Weihnachten.

Daneben befindet sich ein altersschwacher Schreibtisch und auf der gegenüberliegenden Seite ein alter Holzschrank, in den ich lieber keines meiner frischen Kleidungsstücke hineinhänge. Danach riechen sie sicher total muffig. Außer einer Stehlampe und einem unbequemen Holzstuhl war es das auch schon. Aber okay, kostet ja nichts und ist nur vorübergehend. Mal sehen, vielleicht reise ich in den nächsten Tagen auch schon wieder ab.

Aus meinem pinkfarbenen Koffer krame ich ein etwas weniger auffälliges Kleid in Rosé mit großen weißen Blumen darauf und schlüpfe in weiße Ballerinas. Die sind bei dem Kopfsteinpflaster hier ohnehin bequemer. Dem Wetter entsprechend würde ich zwar eher Gummistiefel benötigen, aber die gehören weiß Gott nicht zu meinem Repertoire aus etwa achtzig Paar Schuhen. Obwohl ich in meinem maßangefertigten, raumhohen Schuhregal sicher noch einen Platz finden würde. Ich sollte tatsächlich einmal über Gummistiefel nachdenken.

Nachdem ich mich frisch eingekleidet habe, mache ich mich auf die Suche nach meiner Tante und höre es bereits auf dem Flur im Badezimmer klimpern.

Vorsichtig klopfe ich an und drücke die nur angelehnte Tür auf.

»Gertrud?«

Ohne auf mich zu achten, öffnet sie verschiedene Schränke und schmeißt Zahnbürste, Deo, Creme, Nagelschere, Zahnseide und allerlei anderen Krempel in eine Tasche.

»Was tust du da? Willst du verreisen?«

Noch immer ignoriert sie mich.

»Gertrud!«, sage ich etwas lauter.

Sie zuckt zusammen und dreht sich zu mir. »Das ist Johanns Kram. Ich packe ihn zusammen, damit er ihn sich nachher abholen kann.«

»Und weshalb? Was ... was hat das zu bedeuten?«, frage ich zaghaft, denn eigentlich kenne ich die Antwort.

»Seine Anwesenheit in meinem Haus ist nicht länger erwünscht.«

»Gertrud, tu das bitte nicht!«

Sie widmet sich wieder ihrer Aufgabe, drängt mich zur Seite und marschiert nun ins Schlafzimmer.

Wie ein begossener Pudel schleiche ich ihr hinterher und sehe zu, wie sie die Tasche mit Kleidung füllt. Und – oh nein, sind das Unterhosen?! Gott, das wollte ich jetzt wirklich nicht sehen.

»Möchtest du es dir nicht vielleicht nochmal überlegen?«

»Garantiert nicht!«

Das meint sie nicht ernst! Das kann sie nicht ernst meinen! Sie trennen sich tatsächlich. Endgültig. Diese blöde Idee mit der Paartherapie. Da ist alles eskaliert, und jetzt wirft sie Johann raus. Wie, zum Teufel, soll ich meine Tante umstimmen? Sie hat selten so entschlossen gewirkt. Johanns Anschuldigungen haben ihr anscheinend mehr zugesetzt, als wir alle dachten. Und obendrein hat er ihre Pastillen kritisiert.

»Gertrud, bitte! Überstürz das nicht! Schlaf nochmal eine Nacht darüber. Du bist aufgebracht. Und daran bin ich schuld. Ich habe euch zu dieser Therapie geschleift. Und Johann soll jetzt dafür bezahlen? Bitte tu ihm das nicht an! Das hat er nicht verdient.«

»Du hast nicht behauptet, ich hätte diese verdammten Dinoknochen gestohlen. Du hast nicht gesagt, meine Halspastillen wären widerlich. Das war er! Ganz allein er!«

Äh ...

»Und ich sage dir noch was: Es ist ihm peinlich. Jawohl! Er ist gegen die Fabrik, weil es ihm peinlich ist, dass meine widerlichen Pastillen dort produziert werden sollen. Ich meine, der Mann hat doch überhaupt keinen Geschmack! Allein dieses Jogging-Outfit! Da bekommt man ja Zustände.«

»Jetzt wirst du aber gemein, Gertrud. Immerhin geht er nur für dich joggen.«

»Papperlapapp. Er geht joggen, weil er ohne Sauerstoffzelt nicht mehr zur Kanzel hochkommt.«

Auweia. Spricht da wirklich meine Tante? Meine liebe Tante Gertrud, die sonst immer das Gute im Menschen sieht, die immer freundlich ist, auch wenn sie ein bisschen zu viel tratscht?

Jetzt flitzt sie vom Schlafzimmer ins Wohnzimmer, von dort ins Büro und wieder zurück ins Schlafzimmer. Überall sammelt sie weitere Kleinigkeiten ein, die wohl Johann gehören, und verstaut sie in der immer voller werdenden Tasche. Mit Eifer renne ich ihr in jeden Raum hinterher, möchte etwas sagen, aber mir fällt nichts mehr ein.

Als sie fertig ist, schmeißt sie die schwarze Tasche achtlos in den Flur und wendet sich an mich: »So, und jetzt zu uns beiden!«

Oh mein Gott. Bekomme ich jetzt einen Einlauf? Soll ich vielleicht wegrennen, bevor es zu spät ist?

»Du wirst jetzt die gesamte Hochzeit abblasen!«

Oh! Ich weiß nicht, was schlimmer ist: ein Einlauf oder die Tatsache, dass ich die Hochzeit meiner Tante ruiniert habe.

Hm, vielleicht habe ich gerade eine Marktlücke aufgetan, ein zweites Standbein: Hochzeiten sabotieren.

»Das mache ich nicht«, sage ich und verschränke zur Unterstützung meiner Entschlossenheit die Arme vor der Brust. Vielleicht bekommt sie ja Angst oder so.

»Nicole Marie Baumeister!«

Oh nein, nicht schon wieder!

»Es ist mir egal, was du möchtest. Ich habe mich entschieden«, wettert sie. »Die Hochzeit findet nicht statt. Dann sag die Feier von mir aus nicht ab, aber ich werde nicht dabei sein. Vielleicht findet Johann bis dahin ja eine Neue. Eine, die leckere Macarons herstellt, die er so liebt. Die kann er dann tonnenweise in sich reinstopfen. Hier, die in Wolkenbusch. Die mit dem Café zum Beispiel.«

»Ich glaube, die ist fünfzig Jahre jünger als er und auch liiert.«

»Das ist ein Grund, aber kein Hindernis.«

»Och Gertrud, das ist doch Schwachsinn. Können wir nicht vernünftig miteinander reden?«

»Ich habe alles gesagt.«

Das bezweifle ich.

»Johann kann mir den Buckel runterrutschen.«

Wusste ich es doch.

»Der kann bleiben, wo der Pfeffer wächst. Er kann seine Sachen holen und soll sich dann nie wieder hier blicken lassen. Ich will ihn nicht mehr sehen.«

»Er wohnt schräg gegenüber.«

»Dann muss er sich halt anstrengen.«

Ich seufze. Das Gespräch jetzt mit Gertrud fortzuführen, bringt nichts. Womöglich muss ich ihr morgen ein grandioses Frühstück zaubern, Kaffee intravenös zuführen und ihr Lieblingsgebäck auftischen, damit sie wieder gute Laune bekommt.

»So! Und nun wieder zur Absage. Ab in dein Zimmer!«

»Was?«

»Wir setzen uns jetzt an deinen Computer und bestellen alles ab.«

»Nein!«

Meine Tante schiebt mich vor sich her in Richtung meines Zimmers. Ich wusste nicht, dass sie solche Kräfte entwickeln kann.

»Gertrud, bitte schlaf noch eine Nacht darüber«, bettle ich. Aber sie ist gnadenlos. Sie klappt meinen pinkfarbenen Laptop auf, drückt den Power-Knopf – wo hat sie das denn gelernt? – und drückt mich auf den Stuhl.

»Los! Schreib! Sonst bekommst du eine schlechte Bewertung bei Facebook!«

Was zur Hölle ...? Woher kennt sie bitte Facebook? Alles, nur das nicht. Ich kann mir nicht meinen Fünf-Sterne-Schnitt versauen.

Widerwillig rufe ich die Tabelle mit den Dienstleistern für Gertruds Hochzeit auf, notiere die Kontaktdaten und öffne meinen E-Mail-Account.

Ein letztes Mal sehe ich flehend zu Gertrud, doch ihr Gesicht bleibt hart.

***

Schon längst ist Gertrud im Laden verschwunden, während ich noch wie gelähmt vor meinem Rechner sitze. Ich starre auf meinen Postausgang und kann nicht glauben, dass ich gerade jedem einzelnen Dienstleister abgesagt habe. Von der Location über die Torte bis hin zum Blumenlieferanten. Sogar dem Pfarrer aus Gottstreu habe ich eine Mail geschrieben. Um die Stornogebühren solle ich mir keine Gedanken machen, hat Gertrud gesagt.

Meine Güte, sie meint es tatsächlich ernst.

Zum ersten Mal in meiner Karriere hat sich ein Paar so kurz vor der Hochzeit getrennt. Aufgrund der immensen Kosten aller Dienstleister und meines Honorars sind sich die Eheleute normalerweise sicher, dass sie heiraten wollen, und ziehen es auch durch. Und normalerweise sind sie damit sehr glücklich.

Die bucklige Verwandtschaft wirft mal wieder einen Schatten auf meine glanzvolle Arbeit. Prima. Hätte ich doch von vornherein abgesagt. Eigentlich hätte ich es mir denken können, dass hier in Himmelreich nichts glatt läuft.

Um mich ein wenig abzulenken, google ich nach Locations rund um Freiburg. Mein nächstes Paar, das bereits in den Startlöchern steht, ist auf der Suche nach geeigneten Räumlichkeiten für die Traumhochzeit. Ja, die stellen sich sicher nicht so an. So wie ich Franzi und Jens kennengelernt habe, können es beide kaum erwarten, sich im nächsten Jahr das Ja-Wort zu geben. Sie überstürzen nichts, haben alles gut durchdacht und sind sich ihrer Sache sicher. Jens liest Franzi dabei jeden Wunsch von den Augen ab. Das ist ein Kerl. Er kümmert sich, überlässt aber seiner Liebsten die Entscheidung, weil es ihr großer Tag werden soll. Natürlich wird auch Jens im Mittelpunkt stehen, aber der Typ hat verstanden, dass es nun einmal die Braut ist, um die sich alles dreht. Dabei ist er kein Stück beleidigt. Er tut es gern für Franzi. Einfach traumhaft.

Ja, ein Traumprinz, so hatte Lisa den perfekten Mann genannt.

Einfach nur, weil mich das Logo der Suchmaschine auf dem Bildschirm so nett anlächelt – es lächelt tatsächlich, denn es ist wieder irgendein kurioser Feiertag, an dem die Marketingexperten dort das Logo entsprechend verziert haben – gebe ich den Begriff Traumprinz in das Suchfeld ein. Als erster Eintrag auf der Ergebnisseite – natürlich eine Anzeige – springt mir eine mir bisher unbekannte Webseite entgegen: Traumprinzfinden.de

Genau mein Ding!

Möchte ich!

Und wie soll das bitte im Internet funktionieren?

Diese Single-Börse ist genauso ein Käse wie alle anderen. Um denen das zu beweisen, klicke ich auf die Seite mit den angemeldeten Personen. Ich scrolle mich durch die männlichen Profile und bleibe plötzlich bei einem jungen Mann hängen.

Hm, sieht ganz nett aus. Wirklich richtig nett. Aber der will bestimmt auch wieder nur pimpern.

Ich scrolle weiter: auf Anhieb keine weiteren interessanten Profile zu finden.

Vielleicht sollte ich einfach mal bei dem netten Typen reinschauen.

Ich scrolle zurück.

Seinen Namen und die Kontaktmöglichkeiten kann ich ohne eigenen Account zwar nicht sehen, aber der Rest liest sich wirklich interessant.

Na ja, man kann viel schreiben, wenn der Tag lang ist.

Ich fühle mich in meiner These bestätigt und schließe den Tab mit der Käse-Single-Börse. Mein Mail-Account meldet ohnehin den Eingang von drei neuen E-Mails, also widme ich mich zunächst der Arbeit.

Das Blumengeschäft hat die Stornierung bestätigt und verzichtet auf eine Gebühr dafür. Sicher soll ich für die nächste Hochzeit wieder bei ihnen bestellen. Eine Überlegung ist es auf jeden Fall wert.

In der zweiten Mail wird mir in einem etwas merkwürdigen Deutsch ein neuer Bürostuhl angeboten. Trotz des überaus günstigen Preises verzichte ich und lösche die Nachricht.

Die dritte E-Mail erinnert mich daran, dass ich diesen Newsletter längst abbestellen wollte. Was interessieren mich Akkuschrauber und Kettensägen? Das ist Männersache.

Der Typ auf der Traumprinzenplattform könnte handwerklich begabt sein. Immerhin ist er Kfz-Meister.

Zurück auf der Webseite finde ich natürlich dieses Profil nicht mehr. So ein Mist!

Vielleicht sollte ich mir einen Account anlegen und dann nach ihm suchen. Die Versprechung, dass jedes Profil zunächst sorgfältig geprüft wird, bevor die Administratoren es freischalten, gibt mir zumindest ein wenig Zuversicht. Mal sehen, wie lange es dauert, bis mein Konto ...

Hoppla, schon online. Wie konnte das denn passieren? Muss ja eine sehr gewissenhafte Prüfung gewesen sein. Entweder, die haben nichts zu tun, oder die haben mich angeflunkert.

Wie auch immer, jetzt bin ich schon mal drin, dann kann ich auch ein wenig weiterstalken.

Mir werden Männer aufgrund meiner Angaben im eigenen Profil vorgeschlagen. Das ist ja ein Service! Oh, und der Prozentsatz, wie gut er zu mir passt, wird auch angegeben. Grandios!

Fünfundneunzigprozent-Hendrik trägt ein Muskelshirt auf seinem Profilbild und hat den Schlafzimmerblick aufgesetzt. Sein Ernst? Damit kann er für ein Buchcover posieren, aber mich kriegt er nicht hypnotisiert.

Weg damit!

Dreiundneunzigprozent-Sven hat ein nettes Lächeln, allerdings hat er vergessen, die halbnackte Frau im Hintergrund wegzuretuschieren. Ich will gar nicht wissen, ob die bezahlt oder lediglich seine Schwester ist.

Weg damit!

Bevor ich mir Zweiundneunzigprozent-Lukas ansehen kann, ploppt ein Fenster auf. Ein Benjamin schreibt: Hi, wie geht's?

Wie originell!

Schneller als ich blinzeln kann, klappe ich den Laptop zu und lasse die Hände auf dem Deckel liegen, als ob er von allein wieder aufspringen könnte.

Oh Gott, mich hat jemand Fremdes über das Internet angeschrieben. Beruflich bin ich das gewohnt. Aber privat? Auf Facebook habe ich schon nett gemeinte Anfragen von überaus gutaussehenden Mädels bekommen und auch Ernährungsberatung wurde mir mehrfach vorgeschlagen. Da ich allerdings nicht an den hübschen Damen interessiert bin und zwei dieser doofen Diäten bei mir rein gar nichts gebracht haben, stehe ich virtuellen Nicht-Freunden skeptisch gegenüber.

Ich sollte mich lieber mit realen Menschen unterhalten. Deshalb schreibe ich kurzerhand meiner Freundin Ronja eine Nachricht und verabrede mich mit ihr am Abend im McLeods.

Kapitel 5

Das Pub ist gut gefüllt, aber Ronja hat für uns einen Tisch reserviert. Ich nicke Cleo, Valentina, Schoscho und Lisa zu, die in der Schule zwar ein paar Klassen über mir waren, aber durch diverse Treffen im Scardellis doch zum Bekanntenkreis zählen. Die Vier sitzen in einer Ecke und amüsieren sich prächtig. Eigentlich gehört noch Maike zu dieser Clique, aber wie ich hörte, ist sie vor kurzem zum zweiten Mal Mutter geworden und hat sicher den Kopf mit anderen Dingen voll.

Auf die Freundschaft dieser Mädels könnte man glatt neidisch sein, gingen sie doch schon damals gemeinsam durch Dick und Dünn. Ich hatte zwar auch einige gute Freunde in der Schule und Nachbarschaft, aber leider hat keine Verbindung bis heute gehalten. Meine beste Freundin Olivia ist nach dem Abitur mit ihrem damaligen Freund durchgebrannt, hat geheiratet, ist schwanger geworden und lebt jetzt, glaube ich, als Dauercamper an der Ostsee. Wir haben keinen Kontakt mehr.

Als Lisa mich entdeckt, wirft sie mir einen fragenden Blick zu. Ich winke ihr freundlich zu und zeige den Gewinnerdaumen. Sie soll sich jetzt keine Gedanken um das Liebesleben meiner Tante machen.

Ich steuere die andere Ecke des McLeods an und lasse mich neben Ronja auf einen weißen Sessel fallen. Auch Fee ist gekommen und wundert sich augenscheinlich über meinen leidenden Gesichtsausdruck.

»Der Skandal des Jahrhunderts ist in Himmelreich ausgebrochen«, antworte ich ungefragt.

»Hast du etwa die Dinoknochen geklaut?«, erwidert Fee trocken.

»Was? Nein! Gertrud und Johann haben sich getrennt.«

Beide sehen mich entspannt an.

»Die trennen sich doch ständig«, bemerkt Ronja.

»Diesmal richtig«, jammere ich. »Gertrud hat Johanns Kram zusammengepackt und ihn vorhin alles abholen lassen. Ihr könnt euch nicht vorstellen, wie geknickt Johann aussah. Ich bin sicher, er ist heulend nach Hause.«

»Wie ist das denn passiert?«, will Fee nun wissen.

Nachdem wir uns Getränke bestellt haben, erzähle ich in einer Kurzfassung, was ich von Lisa erfahren habe.

»Und wie bekomme ich das wieder hin?«, beende ich meinen Monolog mit einer Frage, die mit ratlosem Schweigen quittiert wird.

Ronja reibt sich die Wange und Fee verzieht angestrengt das Gesicht. Schöne Hilfe.

»Vergesst es. Ich bringe die beiden schon wieder zusammen. Ich organisiere für Paare den schönsten Tag ihres Lebens, an den sie sich bis zu ihrem seligen Ende erinnern. Da wird es ja wohl nicht so schwer sein, einen kleinen Streit aus der Welt zu schaffen.«

Ronja räuspert sich auffällig. »Du magst zwar Expertin darin sein, eine Liebe mit einem rauschenden Fest zu krönen, aber weißt du denn, wie man solch eine Beziehungskrise überwindet?«

»Ich hatte noch nie eine Beziehungskrise.«

Unwillkürlich muss Fee lachen. »Dann hattest du noch keine richtige Beziehung.«

»Du musst nicht gleich gemein werden!«, erwidere ich bockig.

Sofort legt Fee einen Arm um mich und zieht mich zu sich. »Oh, ich wollte dir nicht zu nahetreten! Das war nur Spaß.«

»Hm«, brummle ich und winde mich aus der Umarmung. Insgeheim muss ich zugeben, dass meine letzte Beziehung schon Jahre her ist und wir eben doch eine ausgemachte Krise durchlebt haben, die wir eben nicht überwinden konnten. Ich habe mich sogar von ihm getrennt. Das jetzt zu erwähnen, wäre allerdings kontraproduktiv.

»Oh, bitte sei mir nicht böse«, jammert Fee.

Ich lächle sie versöhnlich an. »Nein, bin ich nicht. Du hast ja recht: Ich führe im Moment keine Beziehung, aber ich denke, ich bin jetzt wieder bereit dafür.«

»Und was soll das heißen?«, fragt Ronja.

»Ich möchte meinen Traumprinzen finden.«

»Der fällt aber nicht vom Himmel«, gibt sie zu bedenken.

»Das ist mir schon klar. Deshalb gehe ich nun aktiv auf die Suche.«

»Sag mir nicht, du ziehst Online-Dating in Betracht!« Ronja sieht mich entsetzt an.

Erwischt! Wie kommt sie nur so schnell darauf?

»Warum nicht? Es ist effektiver als sich ins McLeods zu setzen«, nutze ich Lisas Argumentation.

»Hast du dich schon auf einer Internetseite angemeldet?«, möchte Fee nun wissen.

»Ich habe so eine Plattform gefunden, weiß aber nicht, ob die was taugt.«

»Erzähl, erzähl!«, quietscht Fee.

Hilft ja nix. Sie wird ohnehin nicht lockerlassen.

»Ich habe ein Profil entdeckt, das mir gefallen hat, habe mich angemeldet und es dann nicht mehr gefunden. Die ersten Männer, die ich mir dann angesehen habe, waren eher ein Reinfall. Und plötzlich hat mich jemand angeschrieben ... da habe ich den Laptop zugeklappt.«

Nun sieht mich Fee enttäuscht an. »Warum das? Ich dachte, du bist jetzt bereit dafür.«

»Na ja ... keine Ahnung. Ich war mir dann nicht mehr so sicher, ob es tatsächlich der richtige Weg ist.«

»Sehe ich auch so«, meint Ronja.

»Na, du hast gut reden«, schimpft Fee. »Du hast doch deinen Traummann gefunden. Aber Nicole hat beruflich fast ausschließlich mit verlobten Männern und deren Herzallerliebsten zu tun. Da ist es nicht einfach, jemanden kennenzulernen. Ich finde die Idee mit dem Online-Dating gar nicht schlecht.«

Ronja hebt die Hände.

»Los, zeig die Typen mal her«, fordert mich Fee auf.

Zögerlich krame ich mein Handy aus der Tasche, wische ein paar Mal über den Bildschirm und tippe die Webadresse ein. »Oh, da gibt es eine App!«

»Lad sie runter!«, befiehlt mir Fee geradezu.

Wüsste ich nicht, dass sie mit David glücklich ist, würde ich meinen, sie möchte hier ihren Traumprinzen finden.

Nach ein paar Klicks befindet sich die App auf meinem Bildschirm und zeigt mir zwölf neue Nachrichten an. Meine Güte. Da wollen einige aber ganz dringend ihre Traumfrau finden ... oder sie haben einfach nur Druck.

Neugierig beugen sich Ronja und Fee über meine Schultern und beurteilen mit kurzen Kommentaren, ob die jeweiligen Typen es wert sind, beachtet zu werden. Nicht viele von ihnen schneiden gut ab, die Kritiken sind eher vernichtend. Zum Schluss bleibt nur noch einer übrig, dem auch ich eine Chance geben will: Paul.

»Was willst du ihm schreiben?«, fragt Ronja.

»Dass ich ihn gern treffen möchte.«

»So schnell?«

»Klar. Ich habe keine Zeit zu verlieren. Am besten lernt man sich persönlich kennen. Online könnte mir der sonst was erzählen, wie toll er aussieht und was für einen feinen Charakter er hat. Am Ende ist er ein 60-Jähriger, der keinen Bock mehr auf seine Frau hat. Dann lieber gleich von Angesicht zu Angesicht.«

»Klingt logisch«, schlussfolgert Fee. »Und wo willst du ihn treffen? Noch hier in Himmelreich oder erst, wenn du wieder in Freiburg bist?«

»Ich möchte nicht abreisen, solange die Sache zwischen Gertrud und Johann nicht bereinigt ist. Wenn diesem Paul der Kontakt etwas wert ist, kommt er auch hierher. Es ist ja schließlich keine Weltreise.«

»Da bin ich gespannt«, meint Fee fröhlich.

Nachdem ich die Nachricht an Paul eingetippt und abgeschickt habe, lege ich das Telefon auf den Tisch. »Okay, erledigt. Zufrieden, Fee?«

Sie nickt mit einem dicken Grinsen im Gesicht.

»Was gibt es Neues zu diesen verdammten Dinosaurierknochen?«, wechsle ich das Thema.

»Nichts. Sie sind weg«, antwortet Fee kurz und knapp.

»Keiner weiß, was oder wo oder wie und schon gar nicht, warum. Jeder beschuldigt jeden und Karl ist einem Herzkasper ganz nahe«, erklärt Ronja.

»Wie sieht es auf der Baustelle aus? Wird weitergegraben?«

»Ja, natürlich, und es werden fast täglich neue Fragmente gefunden. Es sieht so aus, als ob da ein nahezu komplettes Skelett liegt. Wenn nun noch der Schädel gefunden würde, wäre das eine Sensation. Allerdings fehlen eben diese Schwanzwirbel, damit es als vollständig bezeichnet werden kann. Das bringt die Archäologen an den Rand des Wahnsinns.«

»Das klingt total interessant. Ist so ein Fund denn selten?«

»Absolut«, bestätigt Ronja. »Vor allem in Deutschland. Diese Art von Dinosaurier wurde bisher nur in Nordamerika gefunden. Und zwar ohne Schädel.«

»Also ist es eher unwahrscheinlich, dass der noch ausgebuddelt wird?«

»Jepp. Tjark rechnet nicht damit.«

»Ich sollte mir mal ein paar Infos dazu besorgen. Das ist ja richtig spannend.«

»Ich habe mir in der Buchhandlung auch schon ein Buch dazu bestellt, damit ich nicht völlig ahnungslos bin, wenn Tjark über seinen Beruf spricht.«

»Gute Idee. Die Jungs sind ja sicher noch eine Weile

hier. Aber was passiert nun eigentlich mit der Fabrik für die Monster-Pastillen?«

Fee kichert leise. »Das ist ja eine nette Umschreibung für die Kreation deiner Tante.«

»Na komm schon. Das Produkt des Jahres sind die Dinger nicht gerade.«

»Mal im Ernst«, greift Ronja das Thema wieder auf. »Der Bau der Fabrik ist auf Eis gelegt. Ob nun die Knochen verschwunden sind oder wieder auftauchen.«

»Der Dinopark im Übrigen auch«, wirft Fee ein.

»Wie lange wird das dauern?«

»Das kann sich noch ein bisschen hinziehen. Bis das Team meint, sie haben alles gefunden, was dort liegt. Dann wird das Gelände wieder freigegeben.«

»Unerfreulich für Frau Kamp-Nestor, für Gertrud und Karl!«, stelle ich scharfsinnig fest.

»Für ganz Himmelreich!«, ergänzt Ronja. »Wir haben alle unter diesem hyperaktiven, cholerischen Bürgermeister zu leiden. Hast du ihn mal in letzter Zeit erlebt?«

»Zum Glück nicht.«

»Sei froh. Wir sollten schnell abhauen Er kommt in letzter Zeit öfter hier rein und genehmigt sich sein Feierabendbier. Oder fünf davon.«

»Ich würde mir sowieso gern mal die Baustelle ansehen. War jetzt ewig nicht dort. Habt ihr Lust?«, frage ich in die Runde.

Ronja und Fee sehen sich an und zucken mit den Schultern, was ich jetzt mal als ein Ja deute. Wir trinken schnell unsere Getränke aus und verlassen hastig das McLeods. Nicht, dass wir Choleriker-König doch noch über den Weg laufen.

»Wir können meinen Wagen nehmen«, schlage ich vor und zeige in die entsprechende Richtung.

Fee schüttelt den Kopf. »Was hast du eigentlich nicht in Pink?«

»Couch, Teppich, Möbel, Fernseher und Kochtopf-set«, antworte ich wie aus der Pistole geschossen. »Und diverse andere Dinge. Aber ich wollte ohnehin ein wenig aussortieren. Also nicht mit dem Auto fahren?«

»Ich würde lieber die Fahrräder nehmen«, meint Ron-ja. »Es ist so ein schöner Abend. Ich liebe die Luft nach einem Gewitter. Kannst du wieder das Rad von Gertrud bekommen?«

»Sicher.«

»Ich hole meins auf dem Weg im Blumenladen ab«, sagt Fee.

Ronja schwingt sich auf ihr Rad und fährt im Schritt-tempo neben uns her, bis wir Gertruds Rad für mich und wenig später auch noch das von Fee eingesammelt haben.

Gemeinsam treten wir in die Pedale, fahren am Rat-haus und der Autowerkstatt vorbei und biegen schließlich nach rechts in Richtung Baustelle ab. Die kühle Abend-luft weht uns um die Nasen und trägt einen Hauch von Kuhdung herüber. Das erinnert mich an früher. Kein Tag verging, an dem es hier nicht nach Dorf gestunken hat, aber als Kind hatte mich das nicht gestört. Erst später, als ich ein Teenie war, nervte mich plötzlich alles, was mit diesem Dorf zu tun hatte. Das Leben hier engte mich ein. Die Tatsache, dass meine Tante immer bestens über mein Leben informiert war und es infolgedessen quasi öffent-lich zur Diskussion gestellt wurde, machte es nicht besser. Sobald ich mein Abi in der Tasche hatte, war ich weg.

Freiburg hatte mich schon lange gelockt. Mein Studium der Sozialwissenschaften hätte ich mir zwar größtenteils sparen können, aber ein paar interessante Informationen für meine heutige Tätigkeit in Bezug auf soziale Normen in Familie und Kultur konnte ich mir doch mitnehmen.

»Wir sind da«, verkündet Ronja das Offensichtliche.

Doch viel kann man vom eigentlichen Schauplatz nicht erkennen. Die Baustelle ist von einem Zaun umgeben, der jede Sicht versperrt.

»Kommt, Tjark hat mir ein kleines Schlupfloch gezeigt. Da sieht uns keiner.« Sie marschiert voran in die gezeigte Richtung und hält dann plötzlich inne. »Scht, da ist wer.«

Wie aus dem Nichts steht auf einmal ein ziemlich hässlicher Hund vor uns und kläfft wie blöde.

»Gott, hab ich mich erschreckt«, sagt Fee. »Das ist doch Herr Schmidt!«

»Hallo Herr Schmidt«, sage ich freundlich, und der Hund ist augenblicklich ruhig. Er setzt sich sogar hin.

Wie habe ich das denn jetzt gemacht?

»Herr Schmidt!«, hören wir von Weitem den alten Axthelm rufen. »Herr Schmidt, hierher!«

Das zottelige Vieh rührt sich allerdings keinen Millimeter, sondern glotzt uns nur doof an.

»Na, Herr Schmidt, genauso gut erzogen wie früher«, bemerke ich.

»Ich schätze, ich rieche nach Hackfleisch«, bemerkt Ronja. »Ich habe vorhin Braten zubereitet.«

»Vielleicht hast du ja noch etwas in deinen Haaren kleben«, vermutet Fee und inspiziert Ronjas rote Mähne.

Die schubst Fees Hand weg. »So ein Blödsinn. Seht, wer da kommt.«

Wir beobachten, wie Axthelm in – für ihn – Windeseile den Acker entlanghumpelt und seinen Stock hebt.

»Was macht ihr mit meinem Hund?«, zetert er sofort los.

»Wir bringen ihm Gehorsam bei«, antworte ich trocken.

»So ein Schwachsinn! Der Hund hört wie kein zweiter. Herr Schmidt, komm mit.«

Doch der Angesprochene rührt sich nicht. Um seine Ignoranz noch zu unterstreichen, macht er nun Platz und legt den Kopf auf die Vorderpfoten.

Axthelm grummelt und setzt sich in Bewegung. »Der kommt schon.«

Und tatsächlich erhebt sich Herr Schmidt von seinem Hintern. Aber statt seinem Herrn zu folgen, schnüffelt er zunächst ausgiebig am Zaun der Baustelle und hebt dann sein Bein. Das Hundepipi läuft unappetitlich an einem Werbeschild für einen Diätdrink herunter. Okay, wissen wir also schon mal, was Herr Schmidt davon hält.

Unwillkürlich müssen wir kichern.

Axthelm dreht sich um und hebt wieder seinen Stock in unsere Richtung. »Rüdenpipi stinkt nicht!«, lässt er verlauten und humpelt schon weiter davon, während Herr Schmidt endlich zu ihm aufschließt.

»War der schon immer so schrullig?«, möchte Fee wissen.

Ich zucke mit den Schultern. »Kann mich nicht erinnern, dass er mal nett war. Als Kinder sind wir immer vor ihm weggelaufen. Damals hatte er noch einen bösartigeren Hund, der hat alle gezwickt. Herr Schmidt knurrt und bellt wenigstens nur.«

»Kein Hund ist von Natur aus bösartig«, wirft Ronja ein. »Es kommt einzig und allein darauf an, wie du mit ihm umgehst.«

»Hat Axthelm Kinder? Oder eine Frau?«, fragt Fee weiter, während wir den Zaun weiter entlanglaufen.

»Nicht, dass ich wüsste. Eine Frau hatte er wohl mal, aber ich habe keine Ahnung, was mit ihr passiert ist. Das war vor meiner Zeit. Und wenn ich es durch Gertrud nicht weiß, dann weiß es sicher keiner.«

»Mysteriös«, urteilt sie. »In diesem Dorf bleibt doch sonst nichts geheim.«

»Normalerweise nicht.«

»Morgen weiß sicher das ganze Dorf, dass Gertrud und Johann sich endgültig getrennt haben«, prophezeit Ronja mit verzogenem Mund.

»Jetzt fang nicht schon wieder damit an«, nörgle ich.

»Du hast recht. Dann konzentrieren wir uns darauf, weshalb wir eigentlich gekommen sind«, wirft Ronja gespielt streng ein. »Hier ist übrigens der Zugang.«

Sie deutet auf eine kleine Lücke im Zaun, schaut sich noch einmal prüfend um und schlüpft dann hindurch.

Nachdem auch wir uns versichert haben, dass keiner uns sieht, folgen wir ihr schnell.

Das Gelände liegt im Dunkeln, die Bauarbeiter haben ihre Arbeit für heute längst beendet. Nur unsere Taschenlampen verhindern, dass wir in die zahlreich vorhandenen Löcher treten oder über die kleinen Absperrungen stolpern.

»Pst! Seid leise!«, zischt uns Ronja zu. »Dort hinten sind die Container des Teams. Wir gehen ein Stück weiter. Ich will nicht, dass uns jemand entdeckt.«

»Gibt es dann von deinem Tjark den Popo voll?«, kichert Fee.

»Für dich werde ich einen Knebel empfehlen«, erwidert Ronja und streckt ihr die Zunge heraus. »Aber im Ernst, ich bekomme sicher Ärger, wenn ich hier mit euch erwischt werde. Nur das Team hat Zutritt zur Baustelle. Die wollen nicht, dass noch mehr verschwindet.« Sie sieht uns tadelnd an, während wir weiter auf Zehenspitzen über das Gelände schleichen.

»Schon gut, wir sind leise«, versichere ich und imitiere ein Huhn mit wedelnden Ellenbogen.

Blöde Idee, denn meine Unachtsamkeit lässt mich plötzlich über einen Stein stolpern. Ich strauchle und falle natürlich.

Unsanft, aber zum Glück relativ geräuscharm, lande ich auf den Knien und kann mich gerade noch mit den Unterarmen abfangen, damit ich nicht mit dem Gesicht bremse. Die erschrockenen Ausrufe meiner Freundinnen sind eindeutig lauter als mein schmerzerfülltes Stöhnen.

Schei...benkleister, tut das weh!

Ich setze mich auf den Hintern und jammere leise vor mich hin, während Fee und Ronja sich zu mir knien.

»Hast du dich verletzt?«, fragt Fee besorgt.

»Soll ich Hilfe holen?«, bietet Ronja an.

»Ach, das ist nur ein Kratzer«, wimmere ich wenig überzeugend. »Ist nichts passiert.«

Dabei betrachte ich meine ramponierten Unterarme und aufgeschürften Knie. Der steinige Boden hat ganze Arbeit geleistet.

»Vielleicht sollten wir das desinfizieren«, schlägt Fee vor.

»Halb so wild«, versuche ich sie abzuwehren, aber sie hilft mir bereits auf die Beine und legt meinen Arm über ihre Schultern.

»Komm schon, ich stütze dich. Wir müssen wirklich die Wunden reinigen. Wer weiß, was hier so alles herumkriecht.«

»Bäh! Vielen Dank auch für das Kopfkino!«, beschwere ich mich.

»Was war das eigentlich, woran du hängengeblieben bist?«, fragt Ronja mehr sich selbst und leuchtet Richtung Stolperfalle. Es ist ein länglicher großer Stein, der etwas abseits der übrigen Grabungsstellen liegt.

Wahrscheinlich dient er als Bank für die Mittagspause, aber im Stockdunkel der Nacht ist er wirklich kaum zu erkennen.

Mithilfe von Fee humple ich wieder in Richtung des Schlupflochs. Ronja leuchtet uns den Weg.

»Viel habe ich ja jetzt von der Baustelle nicht gesehen«, nörgle ich und zwänge mich durch die schmale Stelle im Zaun.

»Selbst schuld«, entgegnet Ronja. »Kleine Sünden bestraft der liebe Gott sofort.« Sie grinst mich triumphierend an.

»Ein Stein im Schuh hätte gereicht. Der liebe Gott hätte mich nicht gleich zum Pflegefall machen müssen.«

»Das wird schon wieder. Wir fahren jetzt langsam zurück und ich kümmere mich um deine Wunden«, beschwichtigt mich Fee. »Bist du gegen Tetanus geimpft?«

»Ja, klar.«

»Wird es denn gehen mit dem Fahrrad?«

»Ich hoffe doch.«

»Nur gut, dass wir nicht den Wagen genommen haben«, bemerkt Ronja. »Sonst hättest du jetzt das teure Leder eingesaut.«

Kapitel 6

Mein mit Pflastern zugekleistertes Knie wippt verräterisch unter dem Tisch auf und ab, und meine Finger trommeln in gleichmäßigem Rhythmus auf den Tisch. Dabei muss ich aufpassen, dass ich meine Unterarme nicht auf der Tischplatte ablege, denn die Schürfwunden von meinem gestrigen Unfall schmerzen noch ein wenig.

Suchend sehe ich mich im McLeods um, erkenne allerdings nur bekannte Gesichter. Die meisten blicken mich freundlich nickend an.

Es war eine blöde Idee, mich mit einem fremden Typen in einem Lokal zu treffen, in dem mich so gut wie jeder kennt. Da ist die Tuschelei vorprogrammiert. Was habe ich mir nur dabei gedacht?

Ich setze ein gequältes Lächeln auf und bestelle einen zweiten Wein, der keine Minute später vor mir auf dem Tisch steht.

»Nic?«, höre ich hinter mir eine vertraute Stimme. So nennt mich nur einer.

Ich fahre herum und lasse meinen Blick von seinem Oberkörper bis zu seinem Gesicht wandern.

»Patrick? Was tust du denn hier?« Das wird doch nicht etwa ... Meine Güte, der Kerl sieht ja noch besser aus als in meiner Erinnerung.

»Mein Vater lebt hier, wie du weißt. Und er wird bald heiraten. Oder auch nicht.«

Ah, zum Glück. Ich dachte schon, er wäre der Paul aus dem Internet. Vielleicht mit falschem Bild und falschem Namen. Man weiß ja nie ...

Ich lächle ihn unsicher an.

Er trägt einen gepflegten Drei-Tage-Bart, vor vier Jahren ist es noch ein Vollbart gewesen. Aber an seinem Kleidungsstil hat sich nichts geändert: schwarze Jeans, weißes Hemd mit zurückgekrempelten Ärmeln und dazu eine schmale schwarze Krawatte, die er lässig gebunden hat. Die dunkelbraunen kurzen Haare hat er wie gewohnt ein wenig nach hinten gestylt. Seit Jahren trägt er sie so, was bei der Damenwelt wohl gut ankommt.

Dieser Traumprinz-Paul hat auf seinem Profilbild eine ähnliche Frisur. Ob er mir deshalb so gut gefallen hat?

Ach, so ein Quatsch! Wo sind nur wieder meine Gedanken?

»Was ist passiert?«, fragt Patrick und schnipst mit den Fingern vor meiner Nase herum.

Oh Gott, habe ich ihn etwa angestarrt?

»Nichts. Ich treffe mich hier nur mit jemandem«, weiche ich schnell aus.

»Ich meinte mit meinem Vater und deiner Tante. Warum haben sie sich getrennt?«

»Ach so ... ähm ... sie haben sich nicht getrennt. Das ist nur eine vorübergehende Krise. Ich kriege das schon wieder hin.«

»Was hast du damit zu tun?«

»Nichts! Gar nichts«, quietsche ich etwas heiser. »Gertrud ist meine Tante, und ich will, dass sie mit Johann glücklich wird. Deshalb möchte ich die beiden wieder zusammenbringen.«

Einen Moment sieht mich Patrick nachdenklich an und setzt sich plötzlich mir gegenüber. Moment! So war das nicht geplant.

»Wie geht's dir?«, fragt er sanft.

»Ähm ... gut. Was soll das werden?«

»Was?«

»Warum setzt du dich? Darum hat dich keiner gebeten.«

»Genauso nett wie damals«, stellt er lächelnd fest. »Und wie ich sehe, hat sich an deinem Farbgeschmack auch nicht viel geändert.«

What? Ich trage eine weiße Bluse! Okay, die Hotpants, Ballerinas und mein Schmuck sind pink. Aber ich trage eine weiße Bluse!

»Mein Farbgeschmack ist einwandfrei«, sage ich trotzig. »Und ich bin nett! Nur nicht, wenn mir jemand ungefragt in eine Verabredung platzt.«

Patrick blickt sich um. »Welche Verabredung?«

»Die kommt gleich. Paul hat noch fünf Minuten. Ich bin zu früh dran.«

»Wie damals.«

Schwelgt er etwa in Erinnerungen?

»Und dann bist du sauer, weil man nicht genauso überpünktlich ist«, fährt er grinsend fort.

»Es haben sich auch einige Dinge geändert, Patrick.«

»Oh mein Gott, was hast du denn angestellt?«, fragt er

unvermittelt und deutet auf meine großen Wundpflaster an den Unterarmen.

Mist, ich habe gar nicht bemerkt, wie ich die Arme aufgestützt hatte. Blitzartig nehme ich meine Ellenbogen vom Tisch und lege meine Hände in den Schoß. Gerade ihm wollte ich eigentlich nicht von meinem peinlichen Unfall erzählen.

»Nichts, nur ein kleines Malheur.«

»Das sieht aber nach mehr als einem Missgeschick aus. Geht es dir gut?«

»Das siehst du doch. Ich lebe noch.«

»Was hast du denn gemacht?« Er verzieht mitfühlend das Gesicht.

»Bin gestern gestürzt.«

»Hat sich ein Arzt die Wunde angesehen?«

»Nein, warum? Sie ist gereinigt, desinfiziert, mit Wundsalbe eingeschmiert und abgedeckt. Zufrieden, Herr Doktor?«

Plötzlich räuspert sich ein hoch gewachsener, ziemlich gutaussehender Typ neben uns. »Entschuldigung, ich bin Paul.« Er reicht mir mit einem charmanten Lächeln die Hand. »Du musst Nicole sein.«

Patrick und ich springen gleichzeitig auf. Während ich allerdings Pauls Hand ergreife und sogleich einen Kuss auf meinen Handrücken erhalte, sehe ich im Augenwinkel, wie Patrick den Online-Traumprinzen beargwöhnt.

»Du siehst noch viel hübscher aus als auf dem Bild in deinem Profil«, schmeichelt mir Paul.

»Ihr kennt euch über das Internet?«, fragt Patrick mit spöttischem Grinsen.

Ich funkle ihn böse an. »Du kannst jetzt gehen!«

»Wenn du mich brauchst, ich setze mich zu Alex an die Bar«, teilt er mir unnötigerweise mit, doch ich ignoriere ihn ab sofort.

»Paul«, wende ich mich dann an mein Online-Date. »Schön, dass du so weit gefahren bist. Setz dich doch.«

»Für dich ist mir kein Weg zu weit.«

Hä? Wir kennen uns doch gar nicht. Aber egal.

»Was möchtest du trinken?«, frage ich ihn.

»Was trinkst du?«

»Das ist ein halbtrockener Weißwein.«

»Dann nehme ich den auch.«

Ich winke die neue Bedienung, Fees Nachfolgerin, heran, die Paul mit einem verzückten Lächeln anstarrt. »Was darf es denn sein?«

»Das gleiche wie bei der bezaubernden Dame hier.« Er deutet auf mich, lässt die Kellnerin aber keine Sekunde aus den Augen. Mit einem gierigen Grinsen bestellt er noch eine Flasche Wasser dazu.

Als sie sich vom Tisch entfernt, neigt er den Kopf.

Starrt er ihr etwa auf den Hintern? Nein, das muss ich mir einbilden.

»Also, Paul, du kommst aus Freiburg?«, lenke ich seine Aufmerksamkeit wieder auf mich.

»Ganz genau. Du auch, habe ich gelesen. Aufgewachsen bist du aber hier in diesem Kaff?«

Kaff? Der spinnt wohl! Wie kommt er dazu, meine Heimat als Kaff zu bezeichnen? Das dürfen nur die Himmelreicher selbst!

»Ja, ich bin hier geboren und aufgewachsen«, sage ich dennoch höflich.

»Tut mir echt leid. Das muss schrecklich langweilig gewesen sein.«

»Eigentlich nicht.«

»Hier gibt es doch nichts außer Felder und drei Häuser.«

Gerade möchte ich ihm erklären, dass wir außer Ackerland auch viele Kletterbäume, eine Pizzeria, eine Eisdiele, einen Klamottenladen, einen Tante-Emma-Laden, eine Autowerkstatt, ein Kino, ein Seminarzentrum, einen Badesee und diverse andere Einrichtungen zu Himmelreich zählen können, entscheide aber, dass sich das nicht lohnt.

»Wir haben viel ferngesehen«, sage ich deshalb nur und warte darauf, dass er meinen Scherz versteht, aber der Groschen fällt nicht.

Zum Glück steht die Bedienung schon wieder vor uns und stellt Pauls Weinglas und die Flasche Wasser mit zwei leeren Gläsern auf den Tisch.

»Vielen Dank, schöne Frau«, flötet Paul ihr entgegen und schaut ihr wieder hinterher, als sie hinterm Tresen verschwindet.

Eindeutig, er hat ihr auf den Hintern geglotzt! Das ist ja ...

Fragend sehe ich ihn an, doch er scheint sich keiner Schuld bewusst zu sein. Als ob nichts gewesen wäre, hebt er sein Glas, um mit mir anzustoßen. Nur weil ich so nett bin, nehme auch ich meines in die Hand.

»Auf uns«, haucht er und wackelt mit den Augenbrauen.

Oh Gott, ich muss hier weg!

»Nicole?«, ruft es einen peinlichen Augenblick später durch den Gastraum. Cleo schiebt sich an den Tischen

83

vorbei und begrüßt mich mit einer Umarmung. »Ich habe schon gehört, dass du in Himmelreich bist, hab dich aber immer verpasst.«

»Ich war gestern schon kurz im McLeods, wollte dich aber in eurem Gespräch nicht stören.«

»Oh, wirklich? Habe ich nicht mitbekommen. Valentina, Schoscho und ich sind öfter hier. Da darfst du ruhig stören. Aber wie ich sehe, störe ich gerade ...«

»Nein«, antworten Paul und ich wie aus einem Mund.

Warum ich das gesagt habe, weiß ich, und ich befürchte, dass ich auch seine Beweggründe kenne. Der Kerl zieht Cleo mit seinem Blick förmlich aus. Bin ich so uninteressant oder ist er einfach nur ein Frauenheld, der sich nicht auf eine einzige Dame konzentrieren kann?

Unglaublich!

»Möchtest du mich deiner hübschen Freundin nicht vorstellen?«, fragt er jetzt noch dreist.

Mir klappt die Kinnlade nach unten, doch anstatt ihm so richtig die Meinung zu geigen, stottere ich nur vor mich hin: »Ähm ... ja, das ist ... das ist Cleo ... eine Freundin von früher.«

Er greift nach ihrer Hand und setzt zu einem Handkuss an, doch Cleo entzieht sie ihm schnell.

»Das lass mal schön bleiben, mein Freund! Ich bin verlobt und außerdem allergisch gegen Speichellecker.«

Paul macht den Mund auf, aber es kommt nichts heraus. Auch ich bringe kein Wort über die Lippen. Wäre er ein netter Kerl, hätte ich mit Cleo ein ernstes Wort sprechen müssen, aber da sie recht hat, würde ich ihr am liebsten einen Pokal überreichen.

Sie beugt sich zu mir runter, um sich zu verabschieden, und flüstert mir schnell ins Ohr: »Nicole, um Gottes Willen, mach, dass du wegkommst!«

Bevor ich sie aufhalten und anflehen kann, mir zu helfen, hat sie Paul auch schon einen vernichtenden Blick zugeworfen und steuert den Ausgang an.

Zu Hilfe!

»Sehr nett, deine Freundin«, meint Paul. Er hat ein seliges Lächeln auf dem Gesicht und sieht immer noch zur Tür, durch die Cleo gerade verschwunden ist.

Er scheint nicht einmal bemerkt zu haben, dass sie ihn gerade schwer beleidigt hat. Oh Mann, dämlich ist er auch noch!

»Was machen wir also mit dem angebrochenen Abend?«, fährt er fort. »Hast du Lust, eine Runde schwimmen zu gehen? Ich habe auf dem Weg hierher einen hübschen See gesehen, und die Nacht ist so schön warm.«

Wie komm ich da jetzt raus?

Einfach nein sagen!

Ach nee, darauf wäre ich nicht gekommen. Aber ich kann ihn doch jetzt nicht einfach hier sitzen lassen. Das ist unhöflich.

Er ist unhöflich. Er baggert alles an, was nicht bei drei auf der Theke sitzt.

Unbehaglich rutsche ich auf meinem Stuhl hin und her, suche nach einer passenden Ausrede und lächle krampfhaft vor mich hin.

Ah, meine Schürfwunden. Grandioser Einfall!

Plötzlich läuft es mir kalt den Rücken herunter – buchstäblich. Ich sehe zur Seite und entdecke einen bräunlichen nassen Fleck auf meiner Schulter, der sich gerade weiter durch meine weiße Bluse nach unten arbeitet und verdächtig nach Bier stinkt.

Och nö! Meine schöne Hose hat auch etwas abbekommen.

Verärgert drehe ich mich um und sehe Patrick vor mir stehen, der sich betreten am Kopf kratzt. Er verzieht den Mund: »Ups! Entschuldigung.«

»Was fällt dir ein?«, rufe ich entrüstet und springe auf. Das eklige Zeug läuft mir den Bauch und das Bein hinunter und ich möchte am liebsten auf der Stelle in eine Wassertonne springen. »Was zum Teufel ist das?«

»Bier mit Cola. Sorry. Das war keine Absicht. Ich bin über das Stuhlbein gestolpert.«

Ich sehe zu Boden und entdecke nur die Füße der Sessel, auf denen wir sitzen. Wie kann man da drüber stolpern?

»Paul, verzeih mir«, wende ich mich an meine Begleitung. »Ich muss dringend duschen. Es war ein sehr ... nettes Gespräch und ich rufe dich an.«

Lüge! Aber wenigstens bin ich ihn für den Moment los.

»Kein Problem, Zuckerpuppe. Aufgeschoben ist nicht aufgehoben.« Er winkt die Bedienung zu sich heran. »Zahlen, bitte.«

Währenddessen schnappe ich mir schon meine Tasche und stapfe aus dem McLeods ins Freie. Sogar in meine Schuhe ist die Suppe gelaufen. Widerlich!

»Nic?«, ruft es hinter mir. Patrick ist mir gefolgt. »Es tut mir wirklich leid. Aber der Typ ...«

»Hast du das mit Absicht gemacht?«, quietsche ich in viel zu hohem Ton.

»Du sahst aus, als könntest du Hilfe gebrauchen.«

»Und da dachtest du, ein tätlicher Angriff wäre genau die richtige Lösung?«

»Tätlicher Angriff? Es war nur ein bisschen Bier.«

»Ich stinke wie eine Brauerei.«

Er grinst mich an. »Die meisten Männer lieben Brauereien.«

Ich bedenke ihn mit einem vernichtenden Blick, drehe mich um und mache mich auf den Weg zu Gertruds Haus, doch Patrick verfolgt mich.

»Ich wollte nicht dich treffen, Nic. Entschuldige bitte. Er saß so blöd, dass es ziemlich unglaubwürdig ausgesehen hätte, wenn ich ihm die Suppe über den Kopf geschüttet hätte.«

»Ach, na da bin ich ja beruhigt!«

»Ich dachte wirklich, du willst den Typ loswerden. Ich meine, der hat die ganze Zeit anderen Weibern nachgeglotzt.«

»Du hast uns beobachtet? Was fällt dir ein? Ich brauche deine Hilfe nicht. Ich kann ganz gut allein auf mich aufpassen. Und selbst wenn ich den Typ loswerden wollte, hätte ich das ganz gut ohne dich geschafft.«

»Du sahst etwas verzweifelt aus.«

Abrupt bleibe ich stehen und bohre meinen Finger in seine Brust. »Du musst mich nicht retten. Verstanden? Das ist allein meine Sache. Du hast dich nicht in mein Leben einzumischen, nur weil wir mal zusammen waren. Ob du es glaubst oder nicht, ich komme gut ohne dich klar!«

Ob er das verstanden hat? Er lächelt mich nämlich noch immer an.

Entweder nimmt er mich nicht ernst oder er ist immer noch so unsensibel wie früher. Wie dem auch sei, ich lasse ihn stehen.

»Nic!«, hält er mich wieder auf.

Genervt drehe ich mich um, sehe ihn an, sage aber nichts.

»Hast du schon mitbekommen, dass ein Blitz in die Weide eingeschlagen hat?«

»Was? In unsere Trauerweide?«, frage ich mit erstickter Stimme nach. »Wann?«

»Gestern, bei dem Gewitter.«

»Oh nein!«

»Ja, ist echt schade um das Bäumchen.«

»Oh mein Gott!« Ich lege beide Hände auf meine Brust und muss mich gegen den Vorgartenzaun von Frau Gerber lehnen. Meine Knie werden weich.

»Alles okay?«, fragt Patrick und berührt meine Schulter. »Es war doch nur ein Baum.«

»Ich stand gestern darunter, als das Gewitter begonnen hat.«

»Oh, Shit! Bist du dabei gestürzt?«

»Nein, das war ... etwas anderes.«

»Oje, man muss ja aufpassen, dass du dir nicht den Hals brichst. Zum Glück ist dir nichts Schlimmeres passiert.« Er sieht mir in die Augen und wirkt tatsächlich erleichtert.

»Aber es ist ja nicht nur das«, erkläre ich. »Du weißt, dass wir uns an dem Baum verewigt haben?«

»Ja, ich habe zweimal dran gepinkelt«, feixt er.

Ich boxe ihm an den Oberarm. »Das meine ich nicht. Und ganz nebenbei, das ist echt ekelhaft!«

»Ich weiß schon, was du meinst«, sagt er wieder sanft. »Wenn es dir so viel bedeutet, suchen wir uns einen neuen Baum und schnitzen etwas in die Rinde.«

»Was? So ein Quatsch! Wir sind doch kein Paar mehr. Warum sollten wir die Erinnerung wieder aufwärmen?«

»Weil du anscheinend Wert darauflegst?«

»Was?«, kreische ich und verschränke die Arme, was ich im selben Augenblick bereue. »Autsch ... ähm ...tue ich nicht! Ist mir völlig egal.«

Pfff! Der glaubt wohl, dass ich ihm noch hinterherheule.

Meine Gleichgültigkeit scheint er mir allerdings nicht abzukaufen – er sieht mich so komisch an.

Bevor ich noch mehr Dummheiten von mir gebe, wende ich mich ein weiteres Mal von ihm ab und gehe endgültig für heute nach Hause. Ich muss endlich dieses stinkende Zeug von meinem Körper waschen.

Und wahrscheinlich ist die Zerstörung unserer Schnitzerei ja ein Zeichen des Universums dafür, dass ich ein für alle Mal mit Patrick abschließen sollte. Er hat sich ja offensichtlich nicht geändert.

Kapitel 7

Die Sonne scheint hell durch die leicht geöffneten Spalten der Jalousie und taucht das Zimmer in ein romantisches Licht. Die klägliche Einrichtung wirkt nicht alt, sondern nostalgisch. Vielleicht sollte ich die Geschehnisse der letzten Tage genauso sehen: von einer anderen Seite.

Der Streit zwischen Gertrud und Johann ist die erste schwere Krise, die sie überstehen müssen. Das stärkt die Beziehung.

Durch das jämmerliche Date von gestern konnte ich einen Loser von meiner Liste streichen. Das ist doch schon mal was.

Und vielleicht können Patrick und ich in Zukunft normal miteinander reden. Wie Freunde. Dafür sollte ich jedoch mein bockiges Gehabe abstellen. Das nehme ich mir fest vor.

Beschwingt durch meine positiven Gedanken schlüpfe ich in ein pink-weiß-gestreiftes Sommerkleid und tänzle in die Küche, um mir einen Frühstückskaffee zu genehmigen.

Der Tag könnte kaum besser werden, denn am Küchentisch sitzt Gertrud mit meinen Eltern.

»Nicole!«, ruft meine Mutter freudestrahlend.

»Mama, Papa! Was tut ihr denn hier? Was für eine Überraschung!«

Auch mein Vater springt auf und herzt mich überschwänglich. »Nicky, Liebes. Schön, dich zu sehen.«

»Wenn du schon einmal hier bist, dachten wir, kommen wir auch vorbei«, erklärt meine Mutter. »Wir begegnen uns inzwischen so selten. Läuft alles gut?«

»Das ist toll. Nun ja, es ist viel passiert.« Ich sehe verstohlen zu Gertrud, die lächelt, als ob nichts geschehen wäre. Ob meine Eltern wissen, dass die Hochzeit nicht stattfindet?

»Wir haben uns gerade über dich unterhalten«, setzt meine Mutter an.

»Über mich?«

»Gertrud sagte, dass die Hochzeit mit Johann abgesagt ist und du jetzt noch ein wenig ...«

»Warte! Ihr wisst es schon? Und es ist in Ordnung für euch?«

Die Leichtigkeit, mit der meine Mutter spricht, macht mich traurig. Ist es denn hier jedem egal, ob Gertrud und der Pfarrer heiraten oder nicht?

»Es ist doch die Entscheidung deiner Tante. Und wenn es nicht passt, dann passt es nicht.«

»Aber es passt!«, entscheide ich störrisch. »Gertrud und Johann sind ein wundervolles Paar. Sie gehören zusammen. Was ist denn nur los mit euch?«

»Wir sollten uns nicht in die Angelegenheiten anderer einmischen. Deshalb sind wir auch gar nicht gekommen.«

»Also gibt es doch einen bestimmten Grund, warum ihr hier seid?« Ich setze mich mit einem mulmigen Gefühl an den Küchentisch. Obwohl meine Eltern strahlen wie ein defektes Atomkraftwerk, habe ich den Eindruck, dass etwas ganz und gar nicht in Ordnung ist. Irgendetwas ist anders. Mein Vater und meine Mutter sehen sich tief in die Augen, fassen sich an den Händen und wirken überaus glücklich. Anders glücklich als sonst.

Oh mein Gott. Bitte sagt nicht, dass ich große Schwester werde!

»Wir werden uns scheiden lassen«, sagen beide gleichzeitig.

»Was?!«, kreische ich und fühle mich augenblicklich einer Ohnmacht nahe.

Habe ich das eben richtig verstanden? Sie wollen sich scheiden lassen? Bitte, sagt, dass das ein Scherz ist. Bitte sagt mir, ich werde große Schwester!

»Ein blöder Scherz, wirklich.«

»Kein Scherz«, erwidert mein Vater.

»Das ist nicht euer Ernst.«

»Doch.«

Ich sehe zwischen beiden hin und her.

»Es ist euer Ernst«, stelle ich entsetzt fest.

Sie nicken eifrig.

»Seid ihr von allen guten Geistern verlassen?«, kreische ich wieder.

»Ganz und gar nicht«, antwortet meine Mutter ruhig.

»Wir haben uns das ganz genau überlegt und sind gemeinsam zu dieser Entscheidung gelangt«, fügt mein Vater hinzu.

Die haben sie nicht mehr alle! Eindeutig. Ich muss sie zur Eheberatung schicken. Obwohl ... nein ... besser nicht.

»Was ... wie kommt ihr darauf? Warum wollt ihr euch scheiden lassen? Ihr seid doch glücklich miteinander!«

»Das sind wir schon lange nicht mehr, Liebes«, beginnt meine Mutter. »Jedenfalls nicht gemeinsam. Das haben wir in dem Meditationscamp in Thailand endlich realisiert. Weißt du noch, wir waren letztes Jahr dort. Wir haben festgestellt, dass unsere Chakren einfach nicht im Einklang sind.«

»Eure was?!«

»Unsere Energien schwingen nicht mehr zusammen«, erklärt mein Vater.

Chakren? Energien? Ich glaube, ich höre nicht richtig. »Was haben die in dem Camp mit euch gemacht?«

»Nichts. Und doch alles. Sie haben uns mit Glück erfüllt.«

»Glück? Ihr wollt euch scheiden lassen! Was hat das mit Glück zu tun?«

»Eine Scheidung muss nicht immer nur Unglück bedeuten«, fährt meine Mutter fort. »Wir haben uns einfach ... auseinandergelebt. So etwas passiert und ist nicht schlimm. Inzwischen unternehmen wir viel lieber Dinge allein, ohne den Partner. Das geht uns beiden so. Und deshalb haben wir uns entschieden, nicht länger an dieser Ehe festzuhalten. Es ist nur fair dem anderen gegenüber, verstehst du? Wir wollen uns nicht gegenseitig im Weg stehen.«

Unfassbar! Die wollen sich scheiden lassen und freuen sich noch darüber! Ich bin wirklich im falschen Film.

»Wir sind noch aus einem weiteren Grund hier«, sagt meine Mutter ruhig und sieht mich eindringlich an.

Oh Gott, noch so eine Hiobsbotschaft verkrafte ich nicht. Was kommt jetzt noch?

»Wir möchten, dass du für uns eine Scheidungsparty organisierst.«

Die nehmen mich doch auf den Arm. Ich atme tief durch und versuche, mich zu beruhigen. »Ihr wollt das Ganze auch noch feiern«, sage ich gefasst. »Aber ihr wisst schon, was mein Beruf ist, oder?«

»Du organisierst Partys, richtig.«

»Hochzeitspartys, Mama! Ich richte Feste aus, an denen Paare zusammenfinden, nicht Mach's gut, schönes Leben noch sagen.«

»Das ist doch dasselbe in Grün!«

»Nein, ist es nicht! Ich werde euch nicht helfen, eure Trennung zu feiern. Ihr werdet euch nicht scheiden lassen. Basta. Redet mit jemandem darüber!«

»Die Entscheidung steht«, sagt mein Vater.

»Wenn ich etwas dazu sagen darf«, mischt sich nun Gertrud ein, die bisher ungewöhnlich still war. »Ich finde diesen Schritt mutig.«

Na klar, sagt die, die gerade ihre Verlobung gelöst hat.

»Bettina, ich stehe voll und ganz hinter euch. Liebe kann man nicht erzwingen.«

»Gertrud! Fall mir nicht in den Rücken! Du weißt doch gar nicht, wovon du da sprichst.«

»Nicole, wir haben alle schon etwas mehr Lebenserfahrung als du. Die Ehe besteht nicht nur aus der grandiosen Feier am Anfang, sondern aus Höhen und Tiefen, die einige von uns eben nicht mehr zusammen gehen wollen.«

»Und du versuchst es nicht einmal«, werfe ich ihr an den Kopf. »Du gibst bei der ersten Schwierigkeit schon auf. Wie wir schon des Öfteren erleben durften.«

Oh, das war fies. Aber was raus muss, muss raus. Ich kann das Ganze nicht einfach so hinnehmen.

Gertrud jedoch bleibt gefasst. »Mein Ex-Verlobter traut mir eine Straftat zu und steht nicht zu mir. Nebenbei hält er mein Lebenswerk für Abfall. Das sind keine Schwierigkeiten, sondern unüberbrückbare Differenzen.«

Oje, sie hat wohl zu viele Promischeidungen verfolgt.

»Niemand hat deine Pastillen als Abfall bezeichnet. Sie schmecken ihm nur einfach nicht. Ich zum Beispiel mag kein Nutella, obwohl Trillionen von Menschen es lieben. Das ist Geschmackssache.«

Meine Mutter klatscht in die Hände. »Wir sind uns doch alle einig, dass jeder seine eigenen Entscheidungen treffen sollte, nicht wahr? Nicole, Liebes, du kannst daran nichts ändern. Ich für meinen Teil würde jetzt gern über die Scheidungsparty sprechen. Also, dein Vater und ich haben überlegt, das Ganze so fröhlich wie möglich zu gestalten. Keine romantischen Bilder aus unserer Ehe, sondern eher die lustigen Momente. Verstehst du? Keine roten Rosen, sondern Sonnenblumen. Keine aufwendige Torte, sondern ...«

»Mama! Ich mache das nicht!«

Sie seufzt und sieht mich mit einem Hundeblick an, den sie wohl erst in diesem Meditationscamp erlernt hat. »Nicky, Schätzchen. Tu es für uns. Wir wären die glücklichsten Menschen der Welt.«

»Nein. Schluss, aus, Ende!«, beschließe ich, stehe auf und verlasse mit meinem Kaffee in der Hand die Küche, bevor meine Eltern weiter auf mich einreden können.

Ich brauche jetzt dringend Abwechslung von diesem ganzen Trennungsgeschwafel. So viel unromantisches

Gerede macht mich ganz depressiv. Normalerweise umgebe ich mich nur mit liebenden Paaren. Jetzt wimmelt es nur so von gescheiterten Beziehungen. Wenn meine Familie schon zerbricht, sollte ich mich wenigstens um mein eigenes Liebesleben kümmern.

In meinem Zimmer angekommen, öffne ich kurzerhand die Traumprinzen-App und checke meine Nachrichten. Neunzig Prozent davon kann ich sofort löschen, aber eine Mitteilung hat es mir angetan. Georg sieht nett aus – er ist optisch kein Typ zum Niederknien, aber darauf kommt es nicht an – und hat mir einen Text geschrieben, der so gar nicht nach dem billigen Mist klingt, den mir Paul geschickt hatte.

Ohne lange zu überlegen verabrede ich mich mit Fünfundachtzigprozent-Georg, der laut seinem Profil lange Spaziergänge und Kinobesuche liebt.

Perfekt. Jupp hat das Himmelreicher Kino auf Vordermann gebracht. Also schlage ich Georg vor, gemeinsam einen Film im Dorf anzusehen. Zwar muss der arme Kerl dafür eine Weile fahren, aber das sollte ich ihm schon wert sein.

Kapitel 8

Überpünktlich wie immer schlendere ich auf Jupps Kino zu. Mit der neu gestalteten Fassade sieht es inzwischen wirklich hübsch aus. Der große Schriftzug nebst der Filmrolle und den Sternen gefällt mir immer mehr.

Zu meiner Überraschung steht bereits ein Mann vor dem Eingang, der sicher nicht aus Himmelreich kommt. Er hat eine Rose in der Hand. Das war zwar als Erkennungszeichen nicht ausgemacht, aber ich bin mir sicher, dass das Georg ist.

Nur leider scheint sein Profilbild im Internet etwa dreißig Kilogramm her zu sein. Und die Friese deutet darauf hin, dass er entweder in letzter Zeit an spontanem Haarausfall leidet oder sich für Fotos eines Toupets bedient.

Optisch kein Adonis, garantiert nicht. Leider nicht mal ein Kevin James – der ist ja noch irgendwie niedlich. Ich möchte wirklich nicht oberflächlich sein, aber ich hatte mir tatsächlich etwas anderes erhofft.

Okay, mal abwarten. Vielleicht macht er das Äußere durch den besten Charakter aller Zeiten wett.

Als der Mann mich entdeckt, winkt er mir euphorisch zu. Ja, das wird wohl Georg sein. Verdammt!

Mit meinem schönsten Lächeln im Gepäck steuere ich auf ihn zu und atme noch einmal tief durch.

»Ich schätze, du bist wegen eines Blind Dates hier?«, versuche ich möglichst locker, ein Gespräch zu beginnen.

»So blind ist es ja gar nicht«, entgegnet Georg und lacht dümmlich. »Immerhin kennen wir uns ja schon von unseren Bildern.«

Nun ja, hättest du ein Foto genommen, das der Realität entspricht, würde ich dir zustimmen.

Er übergibt mir die Rose und zieht mich in eine Umarmung. Nur widerwillig lasse ich das zu, denn er riecht, als hätte er in seinem Aftershave gebadet.

»Ich bin Nicole. Schön, dich kennenzulernen«, lüge ich.

»Ich freue mich auch«, sagt er und kichert. »Ich kann noch gar nicht glauben, dass du mir geantwortet hast.«

Ich kann es ja selbst kaum glauben!

»Dein Profil und deine Nachricht haben mich einfach angesprochen. Und nun stehst du vor mir ... so ... als wärst du ... direkt aus dem Computer gesprungen.« Ich lächle gequält und könnte mich für meine wenig intellektuellen Worte ohrfeigen.

Hey, das ist die Idee! Ich gebe einfach die dumme Blondine. Vielleicht verliert er von selbst das Interesse.

»Welchen Film schauen wir uns an?«, will Georg wissen.

»Im Himmelreicher Kino gibt es leider nicht viel Auswahl. Genauer gesagt gibt es nur einen Saal, aber der ist sehr gemütlich. Wie ein größeres Wohnzimmer. Jupp hat auch keine aktuellen Filme im Angebot. Heute läuft leider nur Shakespeare in Love. Hätte ich das vorher gewusst, dann hätte ich ...«

»Was heißt hier nur?«, unterbricht mich Georg. »Das ist einer meiner liebsten Filme!« Er klatscht begeistert in die Hände und ...

Oh mein Gott, war das ein Furz?!

Ich ignoriere den Ausrutscher. Vielleicht habe ich mich auch verhört.

Noch unbehaglicher als zuvor zeige ich Georg den Weg ins Kinowohnzimmer, in dem außer uns nur noch drei junge Mädchen aus Himmelreich sitzen. Zum Glück sind sie zu sehr mit Quatschen, Cola trinken und Tortilla-Chips futtern beschäftigt, um Notiz von uns zu nehmen. Das könnte morgen sonst ein peinliches Gesprächsthema im Dorf sein.

Zum zweiten Mal an diesem Tag ärgere ich mich über das heutige Kinoprogramm. Zunächst hatte ich befürchtet, mein Date damit zu verschrecken. Nun ärgere ich mich, dass ich meine Verabredung damit nicht in die Flucht schlage. Einer seiner liebsten Filme? Romantiker schön und gut, aber das geht zu weit.

Vielleicht hat er mich auch angeflunkert und findet den Film doof. So oder so, ich muss nun die nächsten zwei Stunden neben ihm sitzen.

Absichtlich dirigiere ich Georg an den Plüschsofas vorbei in die letzte Sitzreihe zu den Klappsesseln. Wir nehmen mittig Platz.

»So, du magst also Shakespeare in Love«, versuche ich das belanglose Gespräch von eben fortzuführen. »Ist es denn okay, wenn du ihn nochmal siehst?«

»Natürlich, ich könnte ihn mir jede Woche angucken.«

»Also ich finde ihn viel zu kitschig«, gebe ich vor. Insgeheim liebe ich ihn wahrscheinlich so sehr wie Georg es tut. »Ich sehe mir lieber Pulp Fiction oder Stirb langsam an.«

Vielleicht kann ich ihn ja mit einem unromantischen Filmtick vergraulen.

»Also die richtig blutigen Actionfilme«, meint er anerkennend. »Solche Frauen mag ich.«

Mist! »Ich bin eben etwas anders als andere.«

Wieder lacht er lauthals und lässt einen fahren. Eindeutig. Diesmal habe ich es mir nicht eingebildet.

Meine Güte, der Mann hat seinen Darm nicht unter Kontrolle! Ich glaube, ich muss gleich kotzen. Und die Wolke, die nun geradewegs in meine Nase steigt, macht das Ganze nicht besser. Das kann auch das Aftershave nicht mehr überdecken.

Verstohlen halte ich mir die Hand vor meine Nase und lächle ihn weiterhin tapfer an.

»Wir können uns das nächste Mal gern Pulp Fiction ansehen. Ich habe bisher immer nur die ersten zehn Minuten geschafft und nie etwas kapiert. Du kannst mir den Film ja erklären.« Er grinst mich breit an.

Die Masche mit dem blonden Dummchen fällt wohl aus. Noch dämlicher als dieser Mann kann ich mich gar nicht anstellen.

Jetzt packt Georg auch noch seinen beigefarbenen Einkaufsbeutel aus und zaubert eine Tüte Käsechips hervor. Er reißt sie auf und hält sie mir vors Gesicht.

Dankend lehne ich ab.

»Hey, liebe Gäste«, begrüßt uns Jupp, der sich in diesem Augenblick in der Reihe vor uns auf einen Sitz schmeißt.

Er ist umgeben von einem Duft nach diesen komischen Räucherstäbchen, aber der ist mir im Moment deutlich lieber, als die analen Ausdünstungen meines Begleiters.

»Wow!«, ruft Jupp aus. »Nach was riecht es denn hier?«

Ich weiß nicht, ob ich lachen oder weinen soll.

Georg kratzt sich verlegen am Kopf. »Ich habe vorhin wohl etwas zu viel Rasierwasser aufgetragen. Oder vielleicht sind es die Käsechips. Möchtest du?« Nun hält er die Tüte Jupp unter die Nase.

»Nee, Alter. Ich steh nicht auf diesen Chemie-Kram«, entgegnet Jupp. »Ihr seht euch heute also Shakespeare in Love an. Ist was fürs Herz. Macht übrigens fünf Euro pro Nase.«

Also ich habe keine Nase mehr, die ist eben schreiend weggerannt.

»Jupp, bei den Preisen bist du bald wieder pleite«, gebe ich zu bedenken und halte ihm einen Zwanziger hin. »Stimmt so.«

»Alles cool. Der Film ist nicht gerade 'ne Neuheit.«

»Ich wollte dich doch einladen«, flüstert Georg mir zu.

»Schon gut. Ich möchte dir nichts schuldig sein.«

»Das nächste Mal zahle ich.« Wieder lacht er sich ins Fäustchen und ich befürchte schon den nächsten Anschlag auf meine Geruchsnerven. Aber offenbar kann er sich diesmal zurückhalten.

Bloß keine Witze mehr! Wobei der Kerl anscheinend über alles lacht. Ich muss mir schleunigst eine Gasmaske besorgen. Ob Jupp so etwas im Kino-Shop führt?

»Also, viel Spaß, Kinder«, verabschiedet sich Jupp nun und schlurft davon.

Bitte lass mich nicht allein!

Ach, Scheiße! Da muss ich jetzt wohl durch.

Gott sei Dank beginnt der Film nur einige Augenblicke später und ich gebe vor, mich darauf konzentrieren zu wollen, denn Georg fängt an, Fragen zu stellen. Geistreiche Gesprächsthemen finden wir aber sicher in diesem Leben nicht mehr.

Statt jedoch den Film zu verfolgen, schweifen meine Gedanken immer wieder zu der Bitte meiner Eltern, ihre Scheidungsparty zu organisieren. Das lässt mir seither keine Ruhe mehr. Ich kann ihnen doch nicht noch helfen, ihre Trennung zu feiern. Die beiden lieben sich noch, das weiß ich. Zum Teufel mit diesem bescheuerten Camp in Thailand. Diese Gefühle verschwinden nicht einfach so nach über zwanzig Jahren Ehe. Ich muss ihnen das nur klarmachen. Ich muss ihnen vor Augen führen, was sie wegwerfen wollen. Aber wie soll ich das anstellen? Wie kann ich ihnen zeigen, dass sie zusammengehören? Ein Fotoalbum basteln? Eine Kurzgeschichte schreiben, wie sie sich kennengelernt haben? Einen Film aus romantischen Bildern und Videosequenzen zusammenstellen?

Solche kleinen Aktionen bringen wahrscheinlich nichts. Dafür sind meine Eltern im Moment zu festgefahren.

Was ist aber, wenn ich alles auf einmal veranstalte?

Oh mein Gott, das ist es! Ich mache eine Party daraus! Sie bekommen statt einer Scheidungs- eine Versöhnungsparty.

Himmel, bin ich brillant!

Ich muss einfach nur vorgeben, ihre blöde Fete zu organisieren, mache das aber auf meine Weise. Die werden von mir die romantischste Feier bekommen, die ich je ausgerichtet habe. Und dann sollen sie mir nochmal sagen, sie wollen sich trennen! Nichts gibt's!

Yes!

Georgs lautes Lachen reißt mich aus meinen fabelhaften Gedanken.

Bitte tu mir das nicht an. Was habe ich nur verbrochen, dass er mich so quält?

Leider beinhaltet der Film noch weitere witzige Szenen, die zu fauligen Ausdünstungen führen und mich fast sterben lassen. Wo ist Patrick, wenn man ihn mal wirklich braucht? Ich hätte mir das Cola-Bier-Gemisch heute liebend gern und höchstpersönlich selbst über mein teures Sommerkleid aus pinkem Chiffon geschüttet.

Als William Shakespeare in der Schlussszene des Films beginnt, den ersten Akt seines neuen Theaterstücks aufzuschreiben, springe ich auf und stolpere unter dem Vorwand, dringend aufs Klo zu müssen, aus dem Kinoraum.

Zu meinem Bedauern wartet Georg auch nach meinem ausschweifenden Toilettenbesuch vor dem Kino auf mich.

»Alles erledigt?«

»Ähm ... ja.« Was auch immer er mit alles meint.

»Hey!«, unterbricht uns Jupp – dem Himmel sei Dank. »Hat's euch gefallen?«

»Ging so«, antworte ich.

»Nicole steht eher auf harte Kerle mit Knarren«, erzählt Georg und formt eine Pistole mit seinen Fingern, schießt eine imaginäre Kugel ab, pustet sich den Zeigefinger und steckt die Hand dann in seine Gesäßtasche.

Geht es eigentlich noch peinlicher?

»Das nächste Mal sehen wir uns Pulp Fiction an.«

Zu Hilfe!

»Der Film war mir einfach zu schnulzig«, flunkere ich. »Ich bleibe dann doch lieber bei meinen Ballerfilmen.«

Jupp sieht mich irritiert an, sagt aber zum Glück nichts.

»Die Frau hat wirklich Feuer unterm Hintern«, sagt Georg stolz und legt einen Arm um meine Schultern.

Mich schüttelt es innerlich, und ich muss einen Würgereiz unterdrücken. Wenn der seinen Arm nicht sofort wegnimmt, beiße ich ihn ab.

Ohne Umschweife schubse ich seine Hand von meinem Schulterblatt und trete einen Schritt zur Seite.

»Du, Jupp«, lenke ich ab, krame in meiner Tasche und übergebe Jupp eine meiner Visitenkarten. »Ich habe mir etwas überlegt. Meine Eltern wollen eine ... Party geben, die ich organisieren soll. Dafür suche ich nach einer geeigneten Location und habe dabei an dein Kino gedacht. Es ist alles so schön geworden. Der Innenhof ist perfekt für das Kaffeetrinken und im Kinosaal könnte ich einen kleinen Film über die beiden laufen lassen. Was sagst du dazu? Auf der Karte stehen meine Kontaktdaten.«

Etwas überrumpelt kratzt sich Jupp am Kopf.

»Oh, kann ich auch eine haben?«, mischt sich Georg ein. »Dann habe ich auch gleich deine Adresse.«

Himmel, Herrgott nochmal! Ich beginne zu schwitzen.

»Ähm ... nein ... das ist nur eine Geschäftsadresse.«

»Super, dann können wir ja mal in deiner Mittagspause einen Kaffee trinken gehen.«

Ich räuspere mich. Langsam gehen mir die Ausreden aus. »Nun ja ... ich mache selten Mittagspause. Ich bin ohnehin meist unterwegs. Außerdem trenne ich lieber Privates und Geschäftliches.«

Das klang doch ganz gut, oder?

»Wollen wir vielleicht jetzt noch etwas trinken gehen?«, schlägt Georg nun vor. Der lässt einfach nicht locker.

»Du, entschuldige. Ich ... ähm ... ich möchte mit Jupp noch etwas Geschäftliches besprechen und habe noch ein bisschen zu tun. Tut mir sehr leid. Vielleicht ein anderes Mal?«

»Ja ... sicher. Ich ruf dich an.«

Georg umarmt mich stürmisch, bevor ich überhaupt an Flucht denken kann. Sein penetrantes Aftershave hat sich weitestgehend verflüchtigt, aber ich habe noch immer einen anderen Duft in der Nase, von dem mir ganz schlecht wird.

Ich schiebe ihn unsanft von mir, damit ich ihm nicht wirklich noch vor die Füße reihere.

»Verdammt nochmal«, entfleucht es mir. »Fass mich bitte nicht an! Ich kann sonst für nichts mehr garantieren.«

Erstaunt sehen Georg und Jupp mich an. Selbst ich bin überrascht von mir. Noch nie musste ich einen Mann so deutlich darauf hinweisen, dass er Brechreiz in mir auslöst.

»Georg«, fahre ich fort, »ich möchte dich ja wirklich nicht verletzen, weil ich einfach nicht der Typ dafür bin, aber anscheinend verstehst du es nicht anders. Dieses Date ist vorbei, und eine Wiederholung wird es nicht geben.«

Einen Augenblick mustert er mich und lächelt dann wieder. »Okay.«

Hat er das verstanden? Ich bin mir nicht sicher.

Aber zu meiner Erleichterung winkt er mir nun hastig zu und macht sich auf den Weg zu seinem Fahrzeug.

»Und lass mal deine Verdauungsprobleme behandeln. Die sind eine Gefahr für die Gesellschaft«, rufe ich ihm hinterher, bevor er sich in seinen taubenblauen Fiat Panda quetscht und im Schritttempo davonfährt.

Oh, war das vielleicht zu gemein?

Nö! Er hat mich schließlich fast vergiftet.

Ein paar Mal atme ich tief ein und aus, als ob ich gerade den Weltrekord im Zeittauchen aufgestellt hätte, und wende mich wieder Jupp zu.

»Also? Was sagst du?«, frage ich ihn.

»Wozu?«

»Hier die Feier meiner Eltern stattfinden zu lassen.«

»Coole Sache. Nächste Woche bekomm ich 'nen neuen Projektor und 'ne neue Leinwand. Dann wird das hier total edel.«

»Ja, absolut«, stimme ich Jupp zu. »Du steckst ganz schön viel Geld in die Renovierung.«

»Na ja, bei der Fassade und dem anderen Kram habt ihr ja alle mitgeholfen. Aber ich bekomme bald mein Erbe. Da sind dann auch noch Projektor und Leinwand drin. 'Ne Rolex ist eh nicht so mein Ding.«

»Ein Erbe? Oh, mein Beileid.«

Doch Jupp scheint der Umstand nicht sonderlich zu kratzen, dass es für ein Erbe eines Todesfalls bedarf. Er zuckt nur mit den Schultern.

»Gut für dich«, versuche ich es andersherum und lache unbeholfen. »Dann kannst du deinem Traum etwas auf die Sprünge helfen. Vielleicht sind ja dann auch ein paar aktuelle Blockbuster drin, damit nicht immer alle nach Gottstreu ins Kino rennen.«

»Mal sehen. Wär' schon dufte, wenn das alles klappt.«

Oje, er bezeichnet das Erbe auch noch als dufte. Keine Ahnung, was da los ist, aber ich traue mich auch nicht, nachzufragen. Das ist ja nun doch eine sehr persönliche Angelegenheit, die Sensibilität erfordert. Die ist mir für heute allerdings abhandengekommen, nachdem ich so gefoltert wurde.

»Wie auch immer, ich würde mich freuen, wenn das klappt. Wollen wir uns diese Woche vielleicht über die Details unterhalten?«

»Klar, gern. Voll cool von dir.«

Ich verabschiede mich von Jupp und laufe langsam die Straße entlang nach Hause.

Mal abgesehen von dem gescheiterten Date bin ich überaus zufrieden mit mir. Die Möglichkeit, in Jupps Kino einen romantischen und berührenden Zusammenschnitt der schönsten Momente meiner Eltern auf der großen Leinwand zu zeigen und sie vielleicht dadurch wieder zusammenzubringen, erscheint mir geradezu perfekt.

Da ich offenbar selbst nicht in der Lage bin, mein großes Glück zu finden, muss ich das meiner Eltern wiederherstellen. Und wenn meine Eltern wieder zueinander finden, tun Gertrud und Johann es sicher auch. Wäre doch gelacht, wenn ich das nicht hinbekomme.

Kapitel 9

Der Vorteil eines Dorfes liegt darin, dass ich für eine Audienz beim Bürgermeister keinen wochenlangen Vorlauf brauche. Ein Anruf genügt. Auch muss ich nicht durch irgendwelche Sicherheitskontrollen, sondern einfach nur an Karl Königs Sekretärin Petra vorbeispazieren, die mich freudig begrüßt und mich sogar einen Mandelsplitter aus ihrer Pralinenpackung stibitzen lässt. Karl König empfängt mich jedoch wie gewohnt in gestresster Manier.

»Komm herein, Nicole. Setz dich. Aber ich habe nicht viel Zeit. Ich habe wichtige ... Dinge zu tun.«

»Selbstverständlich. Ich will dich nicht lange aufhalten«, erwidere ich und nehme vor seinem imposanten Schreibtisch aus Mahagoniholz Platz. Das Büro ist altmodisch eingerichtet und bedient sich eher dunkler Farben, was auf die Stimmung drückt. Vielleicht ist Karl deshalb immer so cholerisch.

»Wie kann ich dir helfen?«

»Ich möchte gern aus erster Hand erfahren, wie es um den Bau der Pastillen-Fabrik steht. Wann geht es denn weiter? Wird denn überhaupt gebaut?«

»Ach, hör mir auf!«, stöhnt Karl, während er seine Krawatte lockert. »Der Bau wird so lange ausgesetzt, bis die Ausgrabungen abgeschlossen sind. Die Archäologen gehen momentan davon aus, dass alle Knochenteile dort verbuddelt sind. Nur vom Schädel ist weit und breit keine Spur.«

»Was nicht ungewöhnlich ist, habe ich gehört.«

»Sicher, sicher. Aber stell dir nur mal vor: Es wäre eine Sensation. In unserem bezaubernden Städtchen wird ein vollständiger Diplodocus gefunden! Inklusive Schädel. Himmelreich würde endlich Weltruhm erlangen.«

»Ohne Frage.«

»Himmelreich könnte zu einem Pilgerort für Archäologen und Dinosaurier-Fans werden.«

»Der Dino-Park. Ich bin im Bilde.«

»Aber auch aus dem wird erst mal nichts. Solange die vermaledeiten Schwanzwirbel verschwunden und die Ermittlungen nicht abgeschlossen sind, bleibt die Baustelle ein Tatort, und gar nichts wird gebaut.«

»Gibt es denn keine neuen Hinweise?«

»Hätte ich die Knochen doch nur selbst behalten! Dann wären sie jetzt noch da.«

»Hat sie dir nicht irgendjemand gestohlen?«

»Erinnere mich bloß nicht daran.«

»Also hängt im Moment alles vom Fund der gestohlenen Knochen ab? Und was soll denn dann entstehen? Die Fabrik oder der Dino-Park.«

»Also, ich wäre ja für beides. Wirtschaftlich würde das einen enormen Aufschwung für Himmelreich bedeuten. Aber Frau Kamp-Nestor hat bereits angedeutet, dass sie vom Bau in Himmelreich absehen wird, sollte der Rummel nicht bald ein Ende haben.«

»Sie möchte die Sache hier abblasen? Tante Gertrud wäre sicher am Boden zerstört.«

»Nicht nur sie.«

»Was wird denn nun unternommen, um die Knochen zu finden?«

»Ich sage es mal so, die Polizei nimmt die Sache nicht besonders ernst.«

»Die sind es in dieser Gegend wahrscheinlich nicht gewohnt, Straftaten aufklären zu müssen. Also wird gewartet, bis sich das Problem von allein löst? Oder wird der Fall ohne Ergebnis zu den Akten gelegt?«

Karl sieht mich mit einer Mischung aus Resignation und Verzweiflung an. Er scheint selbst keine Ahnung zu haben, wie die Ermittlungen weitergehen. Mein Besuch war also ein Reinfall.

Falls die Fabrik tatsächlich gecancelt wird, wäre das der Super-GAU für meine Tante. Ich muss Frau Kamp-Nestor dazu bringen, an dem Vorhaben festzuhalten. Dann wäre auch Gertrud besänftigt und ist sicher eher zu einer Versöhnung mit Johann bereit.

Ich muss also herausfinden, wer diese verdammten Knochen hat. Es kann doch nicht so schwer sein, in diesem Kaff an Informationen zu kommen. Wer sollte ein Interesse daran haben, zwei dämliche Schwanzwirbel eines Sauriers zu stehlen? Und warum? Als Couchtisch machen die sich sicher nicht so gut. Will derjenige das Zeug also verhökern? Bekommt man dafür Geld? Das muss ich unbedingt recherchieren. Ich glaube aber kaum, dass hier Profis am Werk waren. Und wenn es ein Amateur war, wird er sich verraten – früher oder später.

Bevor ich zur Baustelle fahre, tausche ich in meinem Zimmer das roséfarbene Kleid gegen olivfarbene Shorts und ein pinkes Oberteil. Schließlich muss man sich dem Anlass entsprechend kleiden. Leider besitze ich keine Wanderschuhe oder andere Stiefel, sodass meine pinken Turnschuhe herhalten müssen. Zum Schluss werfe ich Block, Kugelschreiber, Feuchttücher und Handy in meine braune Umhängetasche und eile dann die Treppe hinunter. Doch bevor ich zur Tür hinausstürme, läuft mir meine Mutter im Flur über den Weg.

»Mama, das trifft sich gut. Ich wollte mit dir sprechen.«

»Wenn du mich nur wieder umstimmen möchtest, dann ...«

»Warte! Nein, ich möchte euch nicht in eure Entscheidung hineinreden. Ich habe es mir überlegt. Ihr habt immer so viel für mich getan. Ich kann euch eure Bitte nicht abschlagen. Deshalb werde ich eure Party organisieren.«

Einen Augenblick sieht sie mich abschätzend an. Dann stützt sie die Hände in die Hüften. »Das möchtest du wirklich?«

Oje, ahnt sie etwas? Habe ich mich irgendwie verraten?

»Ja«, antworte ich mit fester Stimme. »Ich habe darüber nachgedacht und entschieden, dass ich euren Entschluss akzeptiere. Es ist euer Leben. Ich möchte euch nicht im Wege stehen.«

»Das ist sehr erwachsen von dir.« Sie lächelt mich an und fällt mir daraufhin freudestrahlend um den Hals. »Du weißt gar nicht, wie glücklich du uns machst!«

Nee, weiß ich wirklich nicht!

»Da wir das nun geklärt haben«, fährt sie fort, »kannst du dir bitte etwas ansehen?«

»Dauert das lange? Ich wollte eigentlich jetzt zur Baustelle fahren.«

»Das kann doch sicher kurz warten.« Sie schiebt mich in Tante Gertruds Büro und schlägt eine Schreibmappe auf. »Schau her, ich habe mir bereits einige Gedanken bezüglich der Scheidungsparty gemacht. Was hältst du davon, wenn wir die Feier in der Werkstatt stattfinden lassen? Kaputte Autos – kaputte Beziehung. Das ist doch witzig, oder?«

»Eigentlich nicht.«

»Und wir wollen keine Torte, sondern so lustige Sachen, die es zu Halloween gibt. Hier, ich habe ein paar Fotos ausgedruckt.«

Meine Mutter zeigt mir Bilder von Muffins mit aufgemalten Spinnennetzen, Snacks, die wie abgetrennte Finger aussehen, und Plastikspritzen mit roter Flüssigkeit darin.

»Mama, das ist echt eklig! So etwas wollt ihr doch nicht ernsthaft anbieten.«

»Warum nicht? Das lockert die Stimmung auf. Es soll ja Spaß machen. Und wir haben uns überlegt, T-Shirts drucken zu lassen. Was meinst du?«

»Ähm ...«

»Und jetzt kommt's«, kündigt meine Mutter begeistert an. »Für die Damen möchten wir einen Stripper und für die Herren eine Stripperin haben.«

Sie explodiert fast vor Freude, und ich kann gar nichts mehr sagen, glotze sie nur doof an.

Die haben nicht mehr alle Zacken in der Krone. Ich bestelle doch keine Stripper für meine Eltern!

Gerade möchte ich all ihre lächerlichen Geistesblitze zum Teufel jagen, besinne mich aber wieder auf mein

112

Vorhaben, meine Eltern bei der Feier wieder zusammenzubringen. Meine Mutter ist schon mitten in der Partyplanung. Wenn ich jetzt alles ablehne, organisiert sie es am Ende wirklich noch selbst. Das kann ich nicht riskieren.

»Okay Mama, du sollst deine Gruselsnacks, deine T-Shirts und von mir aus auch deine Stripper haben. Was die Location betrifft, habe ich allerdings schon Jupp gefragt, ob er sein Kino zur Verfügung stellt. Was hältst du davon?«

»Das Himmelreicher Kino? Das ist doch eine einzige Bruchbude.«

»Was? Jupp hat das Kino ganz toll hergerichtet. Hat dir Gertrud das denn nicht erzählt? Die Fassade ist neugestaltet, die Sitzpolster sind runderneuert, und nächste Woche kommen ein neuer Projektor und eine neue Leinwand. Jupp steckt sein gesamtes Erbe in die Renovierung. Stell dir vor, da können wir in toller Kinoatmosphäre eure lustigsten Momente zeigen, so, wie ihr es haben wollt.«

»Von wem soll Jupp denn etwas erben?«

»Weiß ich doch nicht.«

»Also, wenn seinem Sohn in Neuseeland etwas zugestoßen wäre, wüssten wir alle davon. Jupp wäre längst dort, statt hier das Kino zu sanieren. Und weitere Familie hat er nicht. Das weiß ich.«

»Keine Ahnung. Er sagte, er hat etwas geerbt. Woher soll sonst das Geld für den Umbau kommen?«

»Was weiß ich? Der Jupp ist sowieso nicht ganz eins mit dem Gesetz.«

»Meinst du? Okay, er raucht Gras, und der TÜV für seinen Bully ist wahrscheinlich schon seit zwanzig Jahren abgelaufen, aber er würde doch nie jemanden bestehlen.«

»Man weiß nie, was solche Typen alles auf dem Kerbholz haben.«

»Das glaube ich nicht. Und nun Schluss mit den Verdächtigungen. Jupp ist ein guter Kerl und kann sicher trotz des Erbes das Geld für die Party besser gebrauchen als diese Halsabschneider in der Autowerkstatt.«

»Aber ...«

»Mama! Entweder organisiere ich diese Feier oder du«, unterbreche ich sie mutig. »Wenn ich es tun soll, dann lass mich bitte meinen Job machen.«

Einen Moment überlegt sie und willigt dann ein: »Okay, okay. Dann eben das Kino. Damit kann ich mich abfinden.«

»Wunderbar. Haben wir dann alles geklärt? Ich muss jetzt wirklich dringend zur Baustelle.«

Die Türklinke bereits in meiner Hand, hält mich meine Mutter noch einmal zurück: »Warte, nimm die Bilder von den Häppchen mit.«

Ich rolle mit den Augen und stecke die Zettel in meine Tasche. Ganz bestimmt werde ich niemanden mit so einem Müll beauftragen!

Auf der anderen Straßenseite wirft Patrick gerade eine Sporttasche in seinen Land Rover Defender. Er fährt diese alte Kiste also tatsächlich noch.

Leider hat er mich bereits gesehen, sonst hätte ich mich heimlich verdrückt. Aber er winkt mir fröhlich zu, also fühle ich mich genötigt, zu ihm hinüberzugehen. Ich beneide die Menschen, die sich einfach nichts daraus machen, unhöflich zu sein.

»Reist du schon wieder ab?«, frage ich ihn.

»Nur vorübergehend. Ich habe noch einen kurzfristigen Job reinbekommen, den ich ungern sausen lassen möchte.« Mit größter Sorgfalt verstaut er nun seine Fotoausrüstung im Kofferraum.

»Wo geht es diesmal hin?«

»Nach Ghana zu einem Shooting in den Ankasa-Nationalpark.«

»Klingt ja sehr abenteuerlich. Ist das nicht gefährlich?«

»Ghana ist eines der politisch stabilsten Länder in Afrika. Machst du dir etwa Sorgen um mich?« Verschmitzt grinst er mich an, als er die Tür zum Kofferraum schließt.

Ich verschränke die Arme vor der Brust, was inzwischen keine Schmerzattacken mehr auslöst, obwohl ich noch meine Wundpflaster trage. »Es hat nichts zu bedeuten, dass ich es schade fände, wenn du in der Horizontalen zurückkommst.«

Nun lacht er herzlich und stellt sich mir ebenfalls mit verschränkten Armen gegenüber. »Soso, es wäre also schade.«

»Ein Fotograf mit deinem Talent«, sage ich spöttisch. »Das wäre ein großer Verlust für deine weiblichen Modelle. Aber bilde dir bloß nichts darauf ein.«

Er verengt die Augen und wird wieder ernst. »Darauf sowieso nicht, das weißt du. Ich bin kein Weiberheld und habe dir niemals Grund zur Eifersucht gegeben.«

»Das habe ich anders in Erinnerung.«

»Kannst du mir ein Beispiel nennen?«

»Nein, das kann ich nicht, denn ich wärme ganz bestimmt keine alten Geschichten auf.«

Patrick hebt die Hände. »Schon gut.«

»Nimmst du ihn eigentlich wieder mit, deinen Wagen?«

»Nein, für die paar Tage lohnt es sich nicht. Da bin ich schon wieder hier, wenn er dort ankommt. Ich fahre nur zum Flughafen damit.«

»Und wo willst du schlafen, wenn nicht in deinem Kofferraum?«, frage ich gespielt entsetzt.

»Die Auftraggeber stellen dort einen Container auf. Ist sowieso nur für eine Nacht. Die meiste Zeit verplempern wir für An- und Abreise. Eigentlich schwachsinnig.«

»Kann dir doch egal sein.«

»Ja, schon. Ich würde den Aufwand allerdings nicht betreiben, wenn ich schon einmal in Ghana gewesen wäre. Mich interessiert die Location. Inzwischen schreie ich nicht mehr bei jedem Job sofort ›Hier‹.«

»Hast du wohl nicht mehr nötig, was?«, frage ich mit spitzer Zunge, doch eigentlich möchte ich gar nicht missgünstig wirken, weshalb ich schnell ein Lächeln aufsetze.

»Nein, deshalb nicht. Ich meine, ich kann mir meine Jobs inzwischen wirklich aussuchen. Wenn mich etwas nicht interessiert, lehne ich ab. Und an Orten, an denen ich schon tausend Mal war, bin ich nicht interessiert.«

»Aber kommt es nicht auf die Menschen an, mit denen du arbeitest?«

»Die interessieren mich auch nicht. Ich habe inzwischen andere Prioritäten.«

Oh, sehr interessant. Er klingt so ganz anders als damals, als er jedem Auftrag hinterhergejagt ist und ganz aufgeregt von den Schönheiten vor seiner Linse erzählt hat. Wir haben uns tatsächlich lange nicht mehr gesehen. Zu gern würde ich nachhaken, wo denn nun seine Prioritäten liegen, aber dann klinge ich sicher neugierig und

Patrick interpretiert wieder völlig falsche Dinge hinein. Deshalb nicke ich nur.

»Deine Shorts passen heute übrigens gut zu meinem Wagen«, wechselt er plötzlich das Thema. »Soll ich dich vielleicht irgendwohin mitnehmen?«

Tatsächlich, ein und derselbe Farbton. Warum trage ich diese Hose? Oliv ist eine so schreckliche Farbe. Ein weiterer Grund für die Trennung: Unser Farbgeschmack passte einfach nicht zusammen. Ich sollte lieber darauf verzichten, mehr Zeit als nötig mit Patrick zu verbringen.

»Nein, danke. Zu meinem Shirt passt mein Auto viel besser.« Ich verziehe meinen Mund und steuere den Carrera an. »Komm heil wieder!«

Hoffentlich hat das locker genug geklungen, denn entspannt bin ich nach dieser Begegnung eigentlich ganz und gar nicht. Patrick fliegt in ein Entwicklungsland, in dem er womöglich erschossen oder von tausend verschiedenen Tieren getötet werden kann. Diese Tatsache bereitet mir große Sorgen – auch wenn ich das vor niemandem zugeben würde.

Aber ich habe eben ein vernünftiges Gespräch mit ihm geführt, ohne auffallend zickig zu sein. Ich bin stolz auf mich.

An der Baustelle angekommen parke ich meinen Flitzer auf einem Feldweg und ernte gleich ein paar neugierige bis amüsierte Blicke. Aber das bin ich inzwischen gewohnt.

Bevor ich jedoch aussteige, muss ich nach dem westafrikanischen Land Ghana googeln. Ich überscrolle die Geografie und die Angaben zur Bevölkerung und bleibe beim Gesundheitswesen hängen. Hoffentlich hat Patrick alle nötigen Impfungen, denn auch in Ghana hat man mit verschiedenen Tropenkrankheiten zu kämpfen.

Was mache ich hier eigentlich?

Ich schüttle den Kopf, stecke mein Handy in die Umhängetasche und steige aus dem Wagen.

Tjark wartet bereits am Eingang auf mich. Kein Wunder, dass Ronja auf ihn steht, er sieht einfach fantastisch aus. Obwohl er heute etwas müde und abgekämpft wirkt.

»Willkommen im Jurassic Park«, begrüßt er mich dennoch fröhlich mit seinem norwegischen Akzent.

»Vielen Dank, dass du dir kurz Zeit für mich nimmst.« Ich reiche ihm die Hand und folge ihm dann hinter den Zaun auf die Baustelle.

»Ich verbinde das einfach mit einer Kaffeepause. Möchtest du auch einen?«

»Wenn es keine Umstände macht.«

»Ob ich nun ein- oder zweimal aufs Knöpfchen drücke, ist ziemlich egal.«

Ich versuche, auf dem Weg zum Küchenzelt meine Sneakers nicht vollständig zu ruinieren. Für den lehmigen Boden waren sie leider doch nicht die perfekte Wahl.

Tjark sieht mich ein paar Mal amüsiert von der Seite an. »Du hast dich ja in Schale geschmissen – auf deine Weise.«

»Ich wollte mich dem Ausgrabungsteam anpassen.«

»Ähm ... ja. Archäologen-Barbie.«

»Hey!«

»Und dein Traumauto hast du auch gleich mitgebracht«, stichelt er weiter und grinst verschmitzt. »Da hätte der rosa Jeep aber besser gepasst.«

»Woher willst du wissen, ob Barbie einen rosa Jeep hat?«

»Nur so eine Vermutung.«

»Falls das so ist, wird das meine nächste Anschaffung!«, frotzle ich zurück und betrete mit ihm zusammen das große Zelt, in dem die Küche untergebracht ist.

Tjark holt für uns zwei Kaffeebecher aus dem Schrank und stellt sie nacheinander in den Kaffeeautomaten.

»So, wie kann ich dir also helfen?«, fragt er, während die Maschine Bohnen mahlt.

»Tja, ehrlich gesagt, weiß ich das selbst nicht so richtig. Mir ist sehr daran gelegen, dass der Diebstahl der Knochen aufgeklärt wird.«

»Glaub mir, für uns gibt es auch kaum ein anderes Thema. Es ist ungeheuer ärgerlich, weil wir fast den ganzen Dinosaurier schon ausgegraben haben. Es fehlen nur noch ein paar Teile, aber wir sind fast sicher, dass wir sie hier noch finden werden.«

»Und was passiert, wenn ihr hier fertig seid.«

»Dann wird das Gelände wieder freigegeben, für welchen Zweck auch immer.«

»Der Bürgermeister würde ja am liebsten das Skelett hierbehalten und einen ganzen Dino-Park darum herumbauen.«

Tjark lacht. »Ihr Himmelreicher seid echt niedlich. Der Diplodocus wird nicht hierbleiben.«

»Wird er nicht? Aber er wurde doch hier gefunden. Hat Himmelreich da keinen Anspruch ...«

»Tjark!«, brüllt ein Mann von draußen. »Tjark, komm mit raus! Das musst du dir ansehen!«

Ronjas Freund sieht mich an, zuckt mit den Schultern und stürmt dann draußen. Das gesamte Team hat sich etwas abseits der bisherigen Grube versammelt und starrt auf den Boden.

Oh mein Gott, haben die jetzt noch eine Leiche entdeckt?

Meine Neugier siegt, und da ohnehin niemand auf mich achtet, schleiche ich den beiden Männern hinterher.

Lustig, vor ein paar Tagen waren Fee, Ronja und ich im Dunkeln noch heimlich hier. Und da vorn, wo die Leute stehen, habe ich mich verletzt.

Oh mein Gott, habe ich vielleicht etwas kaputt gemacht?

Ich entdecke eine Lücke in der Traube von Menschen, die sich gegenseitig auf die Schultern klopfen. Einige klatschen sogar.

Meine Theorie eines menschlichen Fundes verwerfe ich ganz schnell. Auch, dass durch meine Schuld etwas zu Schaden gekommen ist. Doch was das genau in dem großen Loch ist, kann ich nicht erkennen. Ich sehe lediglich einen großen Stein mit ein paar komischen Wölbungen.

Das ist doch das Ding, über das ich gestolpert bin! Ich erkenne die längliche Form. Allerdings wurde es freigelegt, sodass es nun unübersehbar ist.

»Was ist das?«, frage ich den großen Kerl neben mir, der gar nicht registriert, dass ich nicht zum Team gehöre.

»Das ist der Schädel«, flüstert er ehrfürchtig.

»Was?!«, kreische ich erstaunt, und alle sehen mich an. Kleinlaut schiebe ich ein »Glückwunsch!« hinterher.

Tjark kommt wieder auf mich zu, umarmt mich überraschenderweise. »Wohoo! Ich glaub es einfach nicht!«

Mit so viel Euphorie über einen Stein kann ich nicht umgehen. Ob die sich sicher sind, dass das der Schädel des Dinos ist?

»Weißt du, was das bedeutet?«, fragt mich Tjark mit begeistertem Gesicht, doch ich hoffe, dass er keine Antwort von mir erwartet.

Ich zucke mit den Schultern.

»Das ist der bedeutendste Fund eines Diplodocus in der Geschichte der Menschheit. Noch nie wurde so ein Tier mit Schädel gefunden!«

Und ich bin als Erste darüber gestolpert! Aber das erwähne ich lieber nicht.

»Ihr wisst sicher, dass das der Schädel ist?«, frage ich noch einmal nach.

Entgeistert lässt er die Schultern fallen und sieht mich an, als hätte ich behauptet, die Erde sei eine Scheibe.

»Ob wir sicher ...? Nicole, mein Team und ich haben schon zahlreiche Skelette freigelegt und kennen uns bestens mit Fossilien und dem Knochenbau von Dinosauriern aus. Es ist der Schädel!«

»Wow! Das ist toll. Jetzt hast du deine Sensation.«

»Wohl wahr. Das ist der Höhepunkt meiner Karriere! Das ist irre! Ein Meilenstein! Ein ...«

»Schon gut«, unterbreche ich ihn lachend.

»... ein Wunder!«, beendet er seinen Begeisterungssturm.

»Und das in Himmelreich.«

»Das Dorf hat nun eine große Bedeutung in der Geschichte der Dinosaurierfunde, wahrscheinlich sogar die größte Bedeutung Deutschlands.«

»Karl König wird vor Begeisterung platzen. Ich sollte mich wohl jetzt doch mal mit dem Thema beschäftigen.«

»Unbedingt! Die Archäologie ist eine erstaunliche Wissenschaft.«

»Und ich stamme aus einem Dorf, das nun eine Berühmtheit wird. Wir werden sicher noch sehr viel Besuch von der Presse und anderen Wissenschaftlern erhalten. Ein riesiger Dinosaurier, noch dazu mit Schädel ...«

»Nicole!«, platzt Tjark in meine Überlegungen, sodass ich zusammenzucke. »Das darfst du noch niemandem erzählen, verstanden?«

Ich nicke ängstlich. Wenn einem ein Zwei-Meter-Schrank aus Norwegen so ernst in die Augen sieht, dann kann das Herz schon mal in die Hose rutschen.

»Wir müssen den Fund zunächst offiziell bestätigen lassen. Dazu gehören ein paar Feinarbeiten. Ich möchte nicht, dass die behindert werden. Und vor allem möchte ich nicht, dass das Ding wieder verschwindet. Es ist ärgerlich genug, dass zwei Wirbelknochen fehlen. Der Diebstahl des Schädels wäre eine Katastrophe.«

»Verstehe.«

»Sobald wir ihn geborgen haben, werden wir ihn wegschaffen lassen. Wir können das Risiko nicht eingehen, dass nochmal etwas gestohlen wird.«

»Ja, das ist absolut vernünftig.«

»Also, schwöre mir, dass du nichts gesehen hast.«

Ich hebe Zeige- und Mittelfinger meiner rechten Hand. »Archäologenehrenwort.«

Tjark sieht mich irritiert an. Anscheinend besitzen Norweger keinen Humor.

Von weitem höre ich Hundegebell, das mir irgendwie bekannt vorkommt. Ich suche die Baustelle ab und entdecke am Eingang Axthelm, der neugierig zu uns herüberschaut.

Tjark grummelt vor sich hin. »Der alte Kauz schon wieder!«

»Ja, er ist irgendwie immer da, wenn etwas passiert. Der ist schlimmer als meine Tante. Ich glaube, er war in einem früheren Leben mal Journalist bei der Regenbogenpresse.«

»Das würde passen. Er steht fast jeden Tag hier auf der Matte und löchert mich mit Fragen. Als hätte ich sonst nichts Besseres zu tun.«

»Tatsächlich? Ich meine, er ist selbst schon ein Fossil, aber ich hätte nicht gedacht, dass er solch ein Dino-Fan ist.«

»Er sagte, sein Bruder war Archäologe und hat auch einen Saurier entdeckt, was ja nicht alle Tage vorkommt.«

»Offensichtlich.«

»Aber diese Fragerei behindert die Arbeiten ... und nervt einfach. Bis wir es offiziell bestätigen können, muss der heutige Fund unbedingt unter uns bleiben. Kannst du mir das versprechen, Nicole?«

»Selbstverständlich. Ich schweige wie ein Grab! Und ich schaffe dir auch gern Axthelm vom Hals. Zumindest für heute.«

»Das wäre hilfrcich. Wir haben jetzt nämlich viel zu tun. Deine Fragen waren alle beantwortet?«

»Nun ja, nicht so ganz, aber ich schätze, dass ich hier sowieso auf keine heiße Spur stoße. Und ich will dich nicht auch noch mit meiner Fragerei nerven.« Ich zwinkere ihm zu und verabschiede mich schnell, bevor Axthelm sich noch unter das Archäologen-Team mischt. Er schlurft schon wieder bedrohlich nahe an den Gruben herum. Vielleicht sollte ich ihn mit meiner Tante verkuppeln, die passen wunderbar zusammen.

Oh, Kopfkino, gar nicht gut, bäh!

So schnell mich meine Sneakers über den unebenen Boden tragen können, flitze ich zu dem Alten und schenke ihm mein bezauberndstes Lächeln.

»Herr Axthelm«, flöte ich. »Schön, Sie zu sehen. Gehen Sie wieder mit Herrn Schmidt Gassi?«

Welch geistreiche Frage! Im Ablenken bin ich offensichtlich nicht gut.

Ich beuge mich zu dem Hund runter, will ihn an meiner Hand schnüffeln lassen, doch der blöde Köter kläfft mich nur an. Erschrocken zucke ich zurück.

»Er mag keine fremden Menschen«, grummelt Axthelm und versucht, an mir vorbei zu den Arbeitern zu spähen.

»Ich glaube, er mag gar keine Menschen. Immerhin bin ich ja nicht fremd.«

»Was ist denn da los?«, fragt Axthelm, ohne auf mein belangloses Thema einzugehen.

»Ach, die haben ... ein paar Scherben gefunden ... Tontöpfe aus dem Mittelalter wahrscheinlich. Wie Archäologen eben so sind. Die freuen sich über jeden Mist, den sie finden. Sie wissen schon.«

»Was?«

»Na, Ihr Bruder ist doch auch Archäologe gewesen.«

»Ach ja, richtig.«

»Die müssen das jetzt dokumentieren, fotografieren und so weiter. Da brauchen sie sicher ihre Ruhe.«

Doch Axthelm ist extrem hartnäckig und bewegt sich keinen Zentimeter.

»Soll ich Sie und Ihren Hund vielleicht irgendwohin mitnehmen?«, frage ich und beiße mir sogleich auf die Zunge. Dreckiger Hund in sauberem Auto ist eigentlich keine gute Idee.

»Warum?« Axthelm sieht mich verblüfft an. Endlich habe ich seine Aufmerksamkeit.

»Nun ja ... ähm ... vielleicht wollen Sie ja ins Dorf. Das ist ein gutes Stück Weg und doch sicher anstrengend für Sie.«

»Herr Schmidt und ich sind noch ganz gut zu Fuß, da machen Sie sich mal keine Gedanken«, meckert er.

»Stimmt, Sie sind ja hier öfter unterwegs«, stichle ich zurück.

»Man muss ja mal nach dem Rechten sehen.«

Als ob die Ausgrabungen es nötig hätten, dass er sie beaufsichtigt.

»Sagen Sie, Herr Axthelm, wenn Sie hier für gewöhnlich Gassi gehen, haben Sie vielleicht an dem Abend etwas mitbekommen, als die Knochen gestohlen wurden? Zufällig vielleicht?«

»Das ist nicht meine gewöhnliche Gassirunde«, grummelt er und setzt sich endlich in Bewegung – weg von der Baustelle. »Ich bin vorher nie hier gewesen und schaue nur, wie die Leute hier vorankommen, weil mein Bruder auch Archäologe ist.«

Ich folge ihm, um sicher zu gehen, dass er Tjark auch wirklich in Ruhe lässt, zumindest für heute. »Das weiß ich. Hätte ja sein können.«

»Dann hätte ich es schon erwähnt.«

»Schon gut. Manchmal kommt einem etwas erst im Nachhinein verdächtig vor.«

»Mir ist nichts verdächtig vorgekommen.«

»Okay, okay. Ich will Sie auch nicht länger aufhalten. Schönen Tag noch.« Ich winke ihm zu und warte, bis er hinter der nächsten Biegung verschwunden ist.

Das dürfte erledigt sein. Ich bin stolz auf mich. Nebenbei war es sicher das längste Gespräch, das ich je mit Axthelm geführt habe und gleichzeitig hoffentlich das letzte dieser Art. Der Mann ist unheimlich.

Bevor ich mich in mein Auto setze, versuche ich mit Stöcken, den Schlamm aus dem Profil meiner Sneakers zu kratzen. Eine ganze Packung Feuchttücher geht drauf, bis die Schuhe wieder einigermaßen sauber sind und das Innere meines Wagens berühren dürfen. Doch anstatt nach links ins Dorf abzubiegen, lenke ich meinen Flitzer nach rechts zu unserer Wiese. Ich will den Schaden an der Trauerweide begutachten, den der Blitzschlag verursacht hat.

Schon von weitem sehe ich, dass ein Teil des Stammes abgespalten ist und die langen Zweige auf dem Boden schleifen. Die Weide macht einen jämmerlichen Eindruck.

Langsam umrunde ich sie und suche nach unserem Herz. Es ist tatsächlich noch da – unbeschadet. Ist das zu fassen?

Eine Erleichterung macht sich in mir breit, die ich nicht erklären kann. Dieses Zeichen unserer damaligen Liebe scheint mir doch mehr zu bedeuten, als ich mir selbst eingestehen wollte.

Das ist gar nicht gut! Ich wollte Patrick doch vergessen. Ich möchte nicht mehr dieser Beziehung hinterhertrauern wie ein verzweifelter Teenager. Ich weiß genau, dass ich mit seinem Job und den Gegebenheiten nicht zurechtkomme. Er hat mich damals damit wahnsinnig gemacht und würde es heute sicher auch tun. Ich muss ihn aus meinem Kopf kriegen!

Kapitel 10

Die Tür zu Fees Blumenladen steht offen, davor hat sie ein hübsches Gesteck arrangiert. Ich entschließe mich spontan, Blumen für die Feier meiner Eltern zu bestellen – so richtig romantische Blumen! – und parke meinen Wagen an der Straße.

Fee hat den Laden nicht wie ein typisches Blumengeschäft mit ein paar verschiedenen Blumen in schwarzen Plastikeimern eingerichtet, sondern mit allerhand liebevoll ausgewählten Accessoires. Es gibt keine vorgefertigten Sträuße oder Blumenarrangements. Hier wird offenbar alles auf Bestellung und Kundenwunsch hergerichtet.

An den Wänden hängen Bilder von wunderschönem Blumenschmuck für jeden Anlass. Auf kleinen Tischchen steht allerhand Deko, die man auch ausleihen kann. Vor allem für Hochzeiten stelle ich mir das unheimlich schön und praktisch vor. Für Feiern hier in der Region werde ich wohl ab sofort eine neue Blumenhändlerin beauftragen.

»Nicole. Schön, dich zu sehen«, empfängt mich Fee freudig. »Wie geht's dir?« Sie legt kurz die Schere aus der

Hand, um mich zu begrüßen, und macht sich dann weiter daran, die Stiele der Blumen zu kürzen.

»Ganz gut, danke. Und dir?«

»Ich kann mich nicht beklagen. Wie lief dein zweites Date?«

Ich rolle mit den Augen. »Erinnere mich bloß nicht daran! Es war noch schlimmer als die erste Verabredung.«

»Es gibt etwas Schlimmeres als einen notorischen Fremdflirter?«

»Ja, gibt es! Es ist hoffnungslos.«

»Das glaube ich nicht. Ist bei deinen zweihundert Nachrichten denn tatsächlich kein weiterer Kandidat dabei, der passen würde?«

Ich zucke mit den Schultern. »Keine Ahnung, möglicherweise.«

»Du willst schon aufgeben?«

»Ja ... nein ... ach, ich weiß nicht. Es war eine blöde Idee. Kein Mensch findet die große Liebe übers Internet.«

»Doch, eine Menge Leute tun das. Komm, zeig mal her.« Fee wischt sich die nassen Hände an ihrer Schürze ab und streckt den Arm aus.

Grummelnd krame ich mein Handy aus der Tasche, öffne die Traumprinzen-App, tippe auf Nachrichten und überlasse Fee das Telefon. Minutenlang scrollt sie durch die Kontakte, rümpft ab und an die Nase, unterdrückt ein Lachen oder reißt schockiert die Augen auf. Plötzlich hält sie inne, schaut konzentriert auf den Bildschirm. Ihr Ausdruck wird weicher und dann lächelt sie verzückt.

»Der hier«, sagt sie und präsentiert mir das Display. »Der sieht ganz gut aus, hat einen netten Text geschrieben und ein schön zu lesendes Profil.«

»Nett ist die kleine Schwester von ...«

»Guck doch mal! Er sieht weder nach Macho, Schleimer, Weichei noch männlicher Nutte aus.«

»Na, immerhin.« Ich nehme mein Telefon in die Hand. »Dann zeig schon her!«

Und tatsächlich kann ich nichts Negatives finden. Saschas Lächeln wirkt echt und aufgeschlossen, die braunen Haare sind ordentlich gestylt, aber nicht mit Gel zugekleistert. Er trägt ein einfaches T-Shirt mit dem Markenlogo darauf. Keine teure Marke – eher bodenständig.

Das ist mir sympathisch.

»Gut, ich kann ihm ja mal antworten«, lenke ich ein und will mein Handy gerade wieder wegpacken. Doch Fee hält mich auf.

»Nichts da! Schreib ihm jetzt!« Sie verschränkt die Arme und durchbohrt mich mit ihrem Blick. Ich fürchte, wenn ich nicht sofort tue, was sie sagt, übernimmt sie es für mich. Also erledige ich das lieber schnell und schlage ein Treffen vor. Obwohl ich nie so wenig Lust auf ein Date gehabt habe wie im Moment.

»Befehl ausgeführt. Zufrieden?«

»Sicher doch.« Sie hebt den Finger, als wäre ihr etwas eingefallen. Hinter dem Tresen zaubert Fee einen Blumenstrauß aus rosa Rosen und weißem Flieder hervor. »Sieh mal, gefällt er dir?«

»Sehr hübsch. So schön sommerlich.«

»Der ist für Gertrud. Meinst du, das passt?«

»Meine Tante hat den bestellt? Gibt es einen Anlass?«

Fee grinst mich schelmisch an. »Deine Tante weiß nichts davon. Ich habe von Ronja erfahren, wie das Ganze zwischen Gertrud und dem Pfarrer angefangen hat.

Er hatte ihr immer Blumen geschickt, wobei sie anfangs dachte, sie kämen vom Bürgermeister.«

»Ja, meine Mutter hat mir davon erzählt.«

»Ronja hat es von Alex, und der wiederum von Schoscho.«

»Aha. Und jetzt will Johann ihr wieder Blumen schicken? Das ist ja fantastisch!«

»Johann weiß auch noch nichts davon. Das war meine Idee.«

Ungläubig sehe ich sie an und kann meine Freude kaum im Zaum halten. Dass ich selbst nicht darauf gekommen bin! »Wow, du bist der Wahnsinn! Eine wundervolle Idee. Gertrud wird sich dann auf die Anfänge besinnen, wie bemüht Johann immer um sie war.«

»Das hoffe ich zumindest. Nicht, dass sie ihm den Strauß um die Ohren pfeffert.«

Ich lache. »Das kann ich dir zwar nicht versprechen, aber meine Tante hat eine romantische Ader. Auch wenn es im Moment nicht danach aussieht.«

»Irgendwie müssen wir die beiden wieder zusammenbringen. Einen Versuch ist es wert.«

»Apropos, ich brauche noch weitere Blumen für eine Versöhnung. Ich habe dir ja erzählt, dass meine Eltern eine Scheidungsparty schmeißen wollen und ich das etwas anders aufziehen möchte. Ich habe mir überlegt, überall Sträuße aufzustellen, die wie der damalige Brautstrauß meiner Mutter aussehen. Was hältst du davon?«

»Klingt nach einer hübschen Idee. Hast du ein Foto?«

»Sicher. Schicke ich dir.«

»Ich hoffe nur, dass die Blumen um diese Jahreszeit verfügbar sind.«

»Bestimmt. Meine Eltern haben auch im Sommer geheiratet.«

»Perfekt. Dann bekommen wir das schon hin.«

»Ach, und du fotografierst doch auch so gerne, nicht wahr?«

»Ja schon, aber ich komme in letzter Zeit kaum noch dazu. Der Blumenladen bindet im Moment meine ganze Aufmerksamkeit, und dann gehe ich auch noch ab und an bei Alex kellnern, um die Kasse aufzubessern.«

»Verstehe. Das ist schade. Für die Party möchte ich aber unbedingt einen Fotografen engagieren. Ich befürchte nur, dass ein Profi so kurzfristig nicht verfügbar ist. Könntest du da nicht einspringen?«

»Oh, das tut mir leid. Alex hat mich für die Party bereits zum Kellnern eingeplant. Ich will ihm da ungern absagen.« Fee reibt sich mit der Hand an der Stirn. »Warte! Ich habe die Tage erst einen Fotografen hier in Himmelreich kennengelernt.« Sie lächelt stolz.

»Tatsächlich? Oh nein, du meinst aber nicht Patrick Leufer!«

»Nein, der hieß nicht so. Das war irgendein englischer Name. Muss ich suchen.«

»Okay.«

»Ich kann ihn gern fragen, ob er Zeit hat.« Erneut wirkt sie ausgesprochen euphorisch.

»Klar, gern. Eine Sorge weniger.« Es rührt mich, dass sie mir hilft, meine Eltern wieder zu vereinen. Ich hole mein Notizbuch heraus und schreibe hinter die Punkte Blumen und Fotograf Fees Namen. Das wäre also erledigt. Nun fehlen nur noch das Essen, die Torte, der Film und die Einladungen.

Kapitel 11

Am nächsten Tag steuere ich in Wolkenbusch direkt auf das kleine Café von Ella zu. Die rot-weiß-gestreifte Markise ist ausgefahren, um den Gästen an den Tischen vor dem Laden ein wenig Schatten zu spenden. Sie trinken Eiskaffee und lassen sich die bunten Macarons schmecken. Die sehen herrlich aus. Im Inneren dreht ein Ventilator an der Decke ruhig seine Runden. Ich vermute, dass er nur zur Dekoration aufgehängt wurde, denn die kühle Luft kommt sicher aus einer Klimaanlage. Dennoch fügt sich der Lüfter perfekt in den Vintage-Stil des gesamten Cafés ein. Die Blümchentapete an den Wänden, die liebevoll dekorierten Tischchen und die Etageren auf dem Tresen vermitteln eine heile Welt im Stil der 50er Jahre. So kann man für eine Weile dem Alltag entfliehen, auch wenn man hier nur leckeres Gebäck bekommt.

Ella steht an einem Auslageregal und sortiert gerade frische Macarons ein. Als sie mich bemerkt, stellt sie das Blech beiseite und kommt auf mich zu. »Nicole! Ich freue mich, dass du da bist. Wie geht's dir?«

»Ich kann nicht klagen«, sage ich und drücke ihr ein Küsschen auf die Wange. »Obwohl, könnte ich schon, aber lassen wir das lieber.«

Sie kichert und zeigt mir einen Tisch, an den ich mich setzen kann. »Ich habe schon alles vorbereitet.«

»Klasse, vielen Dank, dass das so kurzfristig geklappt hat. Und vor allem, dass du für mich dein Sortiment erweiterst.«

»Für dich doch gern. Eine Hochzeitstorte ist außerdem eine willkommene Abwechslung neben den ganzen Macarons. Und eine Herausforderung noch dazu.«

»Da bin ich beruhigt und wirklich gespannt.«

»Keine Sorge. Meine Mutter hilft mir dabei. Die Torte wird perfekt.«

»Da habe ich keine Zweifel. Ach, ich hoffe, du hast nichts dagegen, dass ich die Verkostung mit einer Verabredung verbinde?«

»Oh, ein Rendezvous?«

»So etwas Ähnliches. Ich habe im Moment nicht viel Zeit, deshalb dachte ich mir, dass Kaffeetrinken und Kuchenessen ganz gut zu einem Date passen.«

»Dafür sollte man sich doch aber Zeit lassen.«

»Ich esse einfach ganz langsam.«

»Von mir aus gern. Oh, ich glaube, da kommt deine Verabredung schon.«

Ich drehe mich um und im selben Augenblick steht auch schon ein Mann vor mir, der mich freundlich anlächelt. Es ist kein Willst-du-mit-mir-schlafen- oder Ich-bin-so-aufgeregt-ich-mach-mir-gleich-in-die-Hosen-Lächeln. Sein Blick ist aufgeschlossen und neugierig. Der erste Pluspunkt!

»Du musst Nicole sein.« Er reicht mir die Hand, während ich mich erhebe und ihn begrüße.

»Sascha, freut mich sehr, dass du es einrichten konntest.«

»Sehr gern. Ich fand es sehr schön, dass du geantwortet hast.«

»Gut«, wirft Ella ein. »Kann ich euch etwas zum Trinken bringen?«

»Ich nehme einen Latte Macchiato«, antworte ich und setze mich wieder.

Sascha lässt mich nicht aus den Augen, als er mir gegenüber Platz nimmt und einen Cappuccino bestellt.

Puh, er baggert schon mal nicht die Bedienung an. Pluspunkt Nummer Zwei!

»Hast du gut hierhergefunden?«, beginne ich einen Smalltalk zum Warmwerden.

»Mein Navi kennt sich ganz gut aus.«

Ich kichere. »Braves Navi. Und zum Glück hat es funktioniert. Der Empfang ist hier eine Katastrophe.«

»Was auch manchmal ein Segen sein kann. Ich nehme mir immer vor, handyfreie Zeiten einzulegen, aber ich schaffe es einfach nicht.«

»Geht mir genauso.«

»Dann regt sich immer jemand auf, dass man nicht erreichbar ist. Schrecklich.«

»Ja, furchtbar.«

»Erzähl mal, was treibt dich in dieses hübsche Dörfchen? Doch nicht nur der fehlende Handyempfang, oder?« Er beugt sich interessiert zu mir und zwinkert mir zu.

Charmant. Er gefällt mir. Die Art, wie er spricht, wirkt weder aufgesetzt noch nervös. Einfach locker. Pluspunkt Nummer Drei!

»Ich stamme aus Himmelreich, einem Nachbardorf«, erzähle ich. »Inzwischen wohne ich zwar in Freiburg, aber ich habe im Moment hier einiges zu tun. Familienangelegenheiten.«

»Oje, ich hoffe nichts Schlimmes?«

»Das wird sich zeigen. Ich muss etwas geradebiegen. Meine Eltern wollen sich scheiden lassen und das sozusagen jedem in Himmelreich mitteilen.«

»Das tut mir sehr leid. Es ist schlimm, wenn die Eltern sich trennen, egal, wie alt man dabei ist.«

»Sprichst du aus Erfahrung?«

»Nein, um Gottes Willen. Meine Eltern würden sich niemals scheiden lassen. Sie sind erzkatholisch. Da müsste zuerst die Welt untergehen.«

»Oh, aber sie sind glücklich miteinander?«

»Ich denke schon. Wobei beide etwas unterkühlt sind. Sie hängen sehr an Traditionen und einem gesitteten Umgang. Vielleicht passen Gefühle da nicht hinein.«

»Ich finde so etwas traurig. Meine Eltern waren immer sehr liebevoll miteinander, aber ihre Ehe hat das ja auch nicht gerettet. Angeblich sind sie nun glücklich, weil sie getrennte Wege gehen.«

»Und du nimmst ihnen das nicht ab?«

»Ganz genau! Wie kann man glücklich sein, wenn man eine siebenundzwanzigjährige Ehe wegwirft?«

Bevor Sascha antworten kann, steht Ella mit einem Tablett an unserem Tisch und verteilt die Tassen und ein paar Teller mit Kuchenstücken darauf.

»Oh, du hast schon Kuchen bestellt?«, fragt Sascha. »Der sieht gut aus.«

»Sag mir einfach, was dir schmeckt und dann machen wir die Bestellung«, meint Ella und verkrümelt sich wieder.

»Öhm ... ja«, beantworte ich Saschas Frage. »Ich hatte Ella um ein paar Kostproben für die Torte zur Feier gebeten.«

»Torte? Du meinst ... eine Hochzeitstorte?«

»In der Art.« Ich schiebe eine Gabel voll Kuchen mit Mandarinen in den Mund.

»Du planst schon eine Feier?«

»Muss ich. Die Zeit wird langsam knapp«, sage ich kauend. Der Kuchen schmeckt toll.

»Ein wenig mehr Zeit solltest du dir schon noch geben.«

»Kann ich nicht. Meine Eltern wollen das Fest nächste Woche über die Bühne bringen.«

Sascha verschluckt sich an seinem Cappuccino. Mit Tränen in den Augen hustet er und schlägt sich auf die Brust.

»Alles in Ordnung?«, frage ich besorgt.

Als er endlich wieder Luft bekommt, räuspert er sich. »Ich dachte nicht, dass du so schnell bist.«

»Ich bin Hochzeitsplanerin. Ich bin es gewohnt, dass es manchmal schnell gehen muss.«

»Ja, das kann ich verstehen. Ich bin auch dafür, dass wir nicht allzu lange warten – meine Eltern liegen mir schon mächtig in den Ohren – aber das ist etwas überstürzt.«

»Hä? Was haben deine Eltern damit zu tun? Wovon sprichst du?«

Abschätzend schaut er mich an. »Wovon sprichst du?«

»Von der Scheidungsparty meiner Eltern. Ich habe doch gesagt, dass sie das jedem mitteilen möchten, ihre Trennung groß feiern wollen. Ich muss kurzfristig das Fest organisieren.«

»Ach, es geht um deine Eltern ...?« Erleichtert atmet er aus.

»Was dachtest du denn? ... Oh mein Gott ...« Jetzt fällt es mir auf. »Du dachtest, ich rede von uns beiden?« Ich fange laut an zu lachen. »Zugegebenermaßen habe ich schon etwas Torschlusspanik, aber nein, ich möchte dich nicht nächste Woche heiraten.«

Sein Blick entspannt sich, wird liebevoll. Wow, der Kerl ist echt nett. Und hat offensichtlich Humor. Manch einer wäre schon längst davongerannt. Aber er ist sitzengeblieben und hat das Missverständnis aufgeklärt.

Pluspunkt Nummer Vier!

Kommunikation ist eine wichtige Grundlage in einer Beziehung. Noch dazu sieht er wirklich gut aus. Pluspunkt Nummer Fünf.

Er ist drahtig, aber kein Lulatsch. Seine Haare sind mit Gel frisiert, der Dreitagebart sieht sehr gepflegt aus. An seinem Kleidungsstil habe ich ebenfalls nichts auszusetzen. Die enge Jeans steht ihm hervorragend und passt wunderbar zu dem hellblauen Hemd, dessen Ärmel er hochgekrempelt hat. Das Aftershave ist dezent und riecht gut, er hat Ella nicht angebaggert, und gefurzt hat er auch noch nicht. Die Voraussetzungen könnten schlechter sein.

»Wenn wir aber schon beim Thema sind«, reißt er mich aus meiner Schwärmerei, »Ich könnte mir eine Hochzeit im nächsten Jahr ganz gut vorstellen.«

»Wie bitte?« Entgeistert lasse ich das Stückchen Blaubeerkuchen, das ich gerade auf meiner Gabel balanciere, fallen. Hat er gerade gesagt, er will nächstes Jahr heiraten? In manchen Beziehungen geht so etwas schnell, schon davon gehört, jedoch haben diese Paare sich sicher länger als eine halbe Stunde unterhalten, bevor das Thema Ehe auf den Tisch kommt.

»Nun ja, offenbar möchtest du auch schnell unter die Haube, du hast die Torschlusspanik erwähnt. Das kommt mir entgegen.«

»Das kommt dir entgegen? Wie, bitte, darf ich das denn verstehen? Eine Ehe sollte doch nicht aus praktischen Gründen geschlossen werden.«

»Als praktisch würde ich es auch nicht bezeichnen. Eher als notwendig.«

Ich schüttle verwirrt den Kopf. Färben seine Eltern zu sehr auf ihn ab? Für mich gehört eine Ehe selbstverständlich auch zum Leben dazu, aber sie sollte mit dem richtigen Partner geschlossen werden und nicht mit jemandem, den man kaum kennt.

»Du hältst eine Heirat also für zweckmäßig?«

»Ja. Meine Eltern machen mir sonst die Hölle heiß.«

»Kannst du mir erklären warum? Deine Eltern sind Katholiken, verstehe. Aber wir leben doch nicht mehr im Mittelalter.«

»Nicole, ich bin schwul.«

Wortlos starre ich ihn an. Würde ich nicht ab und an zwinkern müssen, könnte man meinen, ich sei eingefroren.

Das gibt zehn Minuspunkte. Mindestens! Wenn es jetzt darauf überhaupt noch ankommt.

»Meine Eltern wissen es nicht, allerdings habe ich die Befürchtung, dass sie es herausfinden könnten. Das wäre eine Katastrophe. Für alle Beteiligten.«

»Weshalb?«, krächze ich. Mehr kommt nicht heraus.

»Du hast keine Ahnung, wie konservativ militante Christen sind. Sie leben eben doch noch im Mittelalter. Wenn sie erfahren, dass ich homosexuell bin, brauche ich mich nie wieder bei ihnen blicken zu lassen. Sie würden vor Scham im Boden versinken.«

»So etwas gibt es heutzutage noch?«

»Mehr als genug. Sei doch nicht naiv. Nicht böse gemeint!«

»Sollte es dir nicht egal sein, was andere Leute über dich denken?«

»Andere Leute schon, aber nicht meine Eltern. Ich möchte sie nicht enttäuschen.«

»Vielleicht irrst du dich ja, und sie würden dich unterstützen.«

»Ich versichere dir, dass sie das nicht tun würden. Sie drängeln seit Ewigkeiten, ich solle endlich heiraten – eine Frau wohlgemerkt.«

»Und deshalb suchst du nun nach einer Frau, die dich zum Schein heiratet? Meinst du, das ist der richtige Weg?«

»Ja.«

»Du möchtest dich also ein Leben lang verstecken?«

»Ich wohne nicht mehr in dem Kaff meiner Eltern. Das heißt, ich müsste nur bei den Besuchen heile Welt spielen.«

»Viel Spaß bei der Suche nach einer Frau, die so etwas mitmacht. Ich stehe dafür nicht zur Verfügung. Wie kommst du eigentlich darauf, dass ich mich darauf einlasse?«

»In deinem Profil stand, du wolltest unbedingt irgendwann heiraten. Ich dachte, probieren kann man es ja mal.« Er lächelt mich verschmitzt an.

Zu schade, dass er auf Männer steht. Bis auf die Tatsache, dass er seine Eltern verarschen will, scheint er ein unheimlich netter Typ zu sein. Eine Scheinehe kommt für mich aber nie und nimmer infrage. Sie verstößt gegen alles, woran ich glaube.

Das mache ich ihm in den folgenden zwei Stunden klar, während wir uns über Beziehungen, die große Liebe, seinen langjährigen Freund Dennis, über Kinder, Häuser und das Wetter unterhalten. Wir mampfen Törtchen und Macarons in uns hinein und verabschieden uns schließlich mit dem Versprechen, uns in Freiburg wiederzusehen. Auch wenn ich ihn nicht heiraten möchte, könnte ich ihn mir als Kumpel sehr gut vorstellen. Anders als die beiden Flachpfeifen, die ich zuvor getroffen habe. Aus diesem Date gehe ich wenigstens mit dem Gefühl heraus, einen neuen Freund gefunden zu haben.

Die Bilanz ist beziehungstechnisch dennoch ernüchternd: drei Verabredungen, drei Reinfälle. Konkret war es einer, der zu viele Frauen mag, einer, der gar keine Frauen mag, und einer, der Frauen so sehr mag, dass er sie betäubt.

Ich werde wohl nie den Richtigen finden. Oder ich sollte meine Erwartungen doch etwas herunterschrauben. Vielleicht hat Lisa recht, und den einen perfekten Mann gibt es nicht.

Gerade, als ich ins Auto steigen will, klingelt mein Handy, und Fees Name erscheint auf dem Display.

»Hallo Fee, was gibt's?«, melde ich mich.

»Ich habe den Fotografen gestern gefragt. Er hätte Zeit für die Party deiner Eltern.«

»Oh Mann! Das ist ja unfassbar! Klasse. Ich danke dir.«

»Er möchte sich am Freitag mit dir im McLeods treffen, wenn es dir passt.«

»Oh ja, gern. Je schneller, desto besser. Bis zur Party sind es nur noch ein paar Tage.«

»Eben. Ich habe ihm gesagt, dass es sehr kurzfristig ist.«

»Super, ich danke dir. Du hast was gut bei mir. Ach so, wie heißt er nun eigentlich?«

»Ric. Ric Walker. Ich sag ja, etwas Englisches.«

»Interessant. Da bin ich wirklich gespannt.«

»Ich bin bald mit der Arbeit fertig. Hast du Lust auf einen Drink im Pub?«, fragt Fee.

»Unwahrscheinlich gern! Ich wollte sowieso dort vorbei, um mit Ronja die Häppchen für die Party zu besprechen. Und um ihr mein Leid zu klagen.«

»Ach verdammt! Dein Date?«

»Es war einerseits richtig schön und ist andererseits voll in die Hose gegangen.«

»Wie darf ich das jetzt verstehen?«

»Erzähle ich dir nachher.«

»Okay. Hört sich ja spannend an.«

»Bis dann.«

Wir verabschieden uns, und ich starte den Wagen.

Kapitel 12

Im Badezimmer meiner Tante mache ich mich schnell frisch, schnappe mir meine große Umhängetasche und eile die Treppe nach unten. In der Diele empfängt mich ein ungewöhnlich intensiver Geruch. Er ist nicht schlecht, doch ich kann ihn nicht zuordnen.

Ist das Orange? Oder Zitrone? Irgendetwas zum Essen muss es sein. Süßlich, aber frisch.

Was braut Gertrud nur in ihrer winzigen Ladenküche zusammen?

Ich nehme den Weg durch das Geschäft, um mir noch ein paar Pfefferminzbonbons für einen frischen Atem zu besorgen. Man kann ja nie wissen, was heute noch passiert.

Meine Tante sitzt hinter ihrem Verkaufstresen auf einem Hocker und starrt angestrengt in den Flachbildschirm vor ihrer Nase.

»Nach was riecht es hier?«, frage ich sie und reiße sie anscheinend aus einer wichtigen Arbeit.

»Nicole, gut, dass du da bist.«

»Finde ich auch. Hast du gekocht?«

»Nein. Schau mal, kannst du mir helfen?«

Ich gehe um den Tresen herum und entdecke auf dem Bildschirm die geöffnete ebay-Website. »Möchtest du jetzt neuerdings deine Produkte über das Internet verkaufen?«

»Papperlapapp. Wer kauft denn Sonnenbrillen über das Internet?«

»Äh ... sehr viele Menschen.«

»Ich habe eine Marktlücke entdeckt!«, informiert sie mich stolz.

»Ach was! Und die wäre?«

»Ich verkaufe nicht meine eigenen Sachen über das Internet, sondern die Sachen von anderen Leuten.«

»O...kay. Ich hoffe, die wissen auch davon.«

»Aber natürlich. Das ist ein Service. Jemand bringt mir seine Artikel vorbei, ich verkaufe sie über ebay und behalte dafür eine Provision.«

»Aha. Ich befürchte nur, auch das machen bereits viele andere Menschen.«

»Tatsächlich?« Sie sieht mich verdutzt an, schüttelt dann aber den Kopf. »Egal, Tante-Emma-Läden gibt es auch wie Sand am Meer.«

»Gibt es denn in Himmelreich einen Markt dafür?«

»Selbstverständlich ... denke ich. Albert Axthelm hat erst vor ein paar Tagen gefragt, wie man etwas bei ebay verkauft. Da bin ich auf die Idee gekommen. Fantastisch, nicht wahr?«

»Axthelm? Der will wohl sein Gebiss verscherbeln«, pruste ich los.

»Nicole! Nicht so gehässig!«

»Das ist er doch selbst auch. Aber abgesehen davon, möchtest du diesen Service wirklich anbieten, weil dich ein Kunde danach gefragt hat?«

»Das könnte ein großes Geschäft werden.«

Oje. Ständig hat Gertrud andere Schnapsideen. Da kommt man ja kaum noch hinterher.

»Wie du meinst. Probieren kannst du es. Du musst ja nicht viel investieren.«

»Eben drum! Ich weiß nur noch nicht, wo ich hier auf dieser Seite etwas verkaufen kann.«

Einen Moment sehe ich meine Tante zweifelnd an, wie sie mit der Zunge im Mundwinkel wild auf dem Bildschirm herumklickt. Ich glaube, sie weiß nicht einmal selbst, was sie eigentlich sucht.

»Bist du denn schon als Verkäufer bei ebay angemeldet?«

»Ich habe einen Gewerbeschein. Also, ja.«

»Der Gewerbeschein ist für den Verkauf hier ... vor Ort ... in deinem Laden«, erkläre ich ihr langsam. »Im Internet musst du dich extra anmelden.«

»Ach so? Das ist ja kompliziert.«

»Eigentlich nicht.«

»Was muss ich noch tun?«

»Ich weiß es nicht genau, ich habe mich noch nie als gewerblicher Verkäufer angemeldet. Aber ich vermute, du musst nur deine Daten eingeben und den Gewerbeschein vorlegen.«

»Also doch der Gewerbeschein.«

Ich spüre schon wieder die Verzweiflung in mir aufsteigen. »Ja, aber allein die Existenz reicht nicht. Die müssen schon wissen, dass du beim Gewerbeamt gemeldet bist.«

»Kannst du das alles für mich machen?«

Ich sehe auf meine Handyuhr. »Ja, sicher. Aber jetzt nicht. Such einfach schon mal deine Unterlagen heraus.

Ich treffe mich gleich mit Ronja und Fee. Und vorher möchte ich noch in die Buchhandlung und mir ein Buch über Fossilien besorgen.«

»Willst du jetzt auch Archäologin werden?«

Ich kichere. »Nein. Aber ich finde es doch sehr interessant, was gerade in Himmelreich passiert. Ein bisschen Bildung schadet nie.«

»Das sage ich auch immer.«

»Okay, morgen habe ich Zeit. Da können wir uns deine neue Geschäftsidee ansehen. Passt dir das?«

»Prima. Das wird ganz groß.«

»Wahrscheinlich ... sag mal, hast du vielleicht gebacken? Nach was riecht es hier?«

»Ach nichts. Das ist nur ... eine andere Geschäftsidee.«

Oje, schnell weg. Wenn sie wieder so etwas zusammenbraut wie ihre Halspastillen, möchte ich besser nicht diejenige sein, die das Versuchskaninchen mimt.

»Okay. Ach so, kann ich mir noch ein paar Pfefferminzbonbons mitnehmen? Ich leg dir das Geld morgen früh auf den Tresen.«

»Nimm dir ruhig welche aus dem Regal. Die gehen aufs Haus ... für deine Hilfe.« Sie zwinkert mir zu.

»Danke, Tantchen, dann mach's gut«, sage ich schnell, schnappe mir eine grüne Bonbontüte und stürze aus dem Laden, bevor ich doch noch Produkttester werde.

Auf der Straße sehe ich noch im Augenwinkel, wie sich jemand hinter der Hausecke versteckt. War das ...

»... Johann?«, rufe ich und folge dem Schatten.

»Scht! Nicht so laut!«, flüstert er und drückt sich an die Hauswand. Er versucht, den Bauch einzuziehen, als ob er dadurch unsichtbar würde. Wie drollig.

In seiner rechten Hand hält er einen Strauß, der dem aus Fees Geschäft verdammt ähnlichsieht.

Ich grinse und deute auf die Blumen. »Ach, hat Fee dich schon in ihren Plan eingeweiht?«

»Was? Die Rosen? Du weißt davon? Ja, also ... ich weiß nicht, ob das so eine gute Idee ist.«

»Warum denn nicht? Ich finde sie richtig toll. Genauso hast du doch damals Gertruds Herz gewonnen.«

»Ich habe den ersten Strauß, den ich Gertrud auf die Treppe gelegt habe, in der Mülltonne gefunden.«

»Du wühlst in Gertruds Müll?«

»Das war reiner Zufall. Ich glaube, den hier kann ich mir sparen, aber Fee hat ihn mir aufgezwungen. Ich soll ihn gefälligst abgeben, sagte sie.« Er sieht traurig auf das hübsche Blumenarrangement in seiner Hand.

»Ja, da hat sie recht. Bleib dran! Du darfst nicht beim ersten Mal gleich aufgeben. Ist doch verständlich, dass meine Tante nicht sofort nachgibt. Du kennst sie. Sie ist ein sturer Bock. Du brauchst Geduld. Bitte versuch es weiter, ja?«

Er seufzt und späht um die Ecke zur Ladentür.

»Los!«, ermutige ich ihn. »Sie ist im Grunde ein romantischer Typ und liebt Blumen. Sie wird es einsehen, dass es dir leidtut.«

Mit einem kleinen Schubs meinerseits setzt sich Johann in Bewegung, flitzt in einem Affentempo, das ich bisher noch gar nicht von ihm kannte, zur Treppe, schmeißt den Blumenstrauß vor die Ladentür und rennt noch schneller wieder hinter die sichere Hausecke.

Jetzt hechelt er, als hätte er den Iron Man gewonnen. Ob ich ihm ein Sauerstoffzelt organisieren soll? Ein bisschen Sorgen mache ich mir schon.

In Ermangelung des medizinischen Equipments tätschle ich nur leicht seinen Rücken und rede beruhigend auf ihn ein. Das muss reichen.

Nach einer Weile krächzt er. »Ich kann nur hoffen, dass Gertrud das irgendwann zu schätzen weiß.«

»Ja, immerhin hast du dich gerade unheimlich verausgabt«, foppe ich ihn.

Johann hebt kurz den Daumen und atmet noch immer schwer, die Hände auf die Knie gestützt.

Ich dachte, der Mann geht joggen. Wo ist seine Kondition?

»Du, Johann«, beginne ich zögerlich. »Was macht Patrick eigentlich in Himmelreich?«

»Der besucht seinen alten Herrn«, japst er. »Warum?«

»Nur so.«

»Er hat Urlaub, mal abgesehen von dem kleinen Job, den er gerade erledigt.«

»Verstehe.«

»Wir haben uns lange nicht gesehen. Und er hatte von der bevorstehenden Hochzeit gehört.«

»Okay. Sonst nichts?«

Nach einem tiefen Atemzug richtet sich der Pfarrer wieder auf und sieht mich aufmerksam an. »Er wusste, dass du auch in Himmelreich bist, falls du darauf hinauswillst.«

Mist! Ist das so offensichtlich?

Ich zucke gleichgültig mit den Schultern. »Nein, gar nicht. Das war reine Neugier.«

»Vielleicht solltet auch ihr euch wieder versöhnen«, meint er und wedelt dabei mit seinem Zeigefinger.

»Weshalb versöhnen? Wir haben uns nie gestritten. Es hat ... einfach nicht gepasst.«

»Ich weiß, was dein Problem war, und ich kann dir sagen, deine Sorgen waren unnötig. Es gibt weitaus größere Schwierigkeiten in einer Beziehung.«

»Möglich. Aber du musstest nicht damit leben.«

»Ich habe bis vor Kurzem mit deiner Tante zusammengelebt. Sie ist die Schwierigkeit in Person.«

»Touché!«

»Ich will mich ja nicht über sie beschweren, ich liebe Gertrud, aber wie du weißt, hat sie auch ihre Macken.«

Das kann ich nur bestätigen und nicke.

»Vielleicht ist es an der Zeit, dass ihr mal miteinander redet«, schlägt Johann vor.

»Warum nach all den Jahren? Es gibt nichts zu klären. Wir sind nicht mehr zusammen und Schluss. Nur weil er behauptet, ich müsse mir keine Sorgen machen, heißt es doch nicht, dass ich inzwischen damit umgehen könnte. Ich will ihn nicht wiederhaben ... und er mich doch sicher auch nicht«, füge ich als Feststellung hinzu, hätte es aber lieber als Frage formuliert. Nur aus Neugier. Selbstverständlich.

»Er hat im Moment keine Freundin«, teilt mir Johann mit.

»Das wollte ich doch gar nicht wissen ... warum sollte mich das interessieren?« Ich verschränke trotzig die Arme und hoffe, dass meine Gleichgültigkeit total lässig rüberkommt.

Johann grinst.

Wahrscheinlich war ich nicht lässig genug. Verdammt!

Jetzt tätschelt er mir den Rücken. »Nicole, er wird nicht ewig allein sein. Patrick ist ein guter Junge ... also Mann.«

»Ich weiß ... ähm ... ich meine, schön für ihn.«

Voller Selbstbewusstsein klopft er mir noch einmal auf die Schulter und geht dann die Straße hinunter Richtung Kirche.

Da lief gerade irgendwas falsch. Plötzlich ist er derjenige, der mir Ratschläge in Sachen Versöhnung gibt. Dabei will ich doch gar nichts mehr von Patrick. So ein Quatsch! Pfff ...

Aber was nun aus Johanns Blumenstrauß wird, interessiert mich dann doch. Ob Gertrud ihn wieder wegwirft? Die schönen Blumen! Viel zu schade für den Müll.

Ich schiele zu den Tonnen und schlendere mit Unschuldsmiene hinüber. In der braunen Biotonne erkenne ich sofort die rosa Rosen und den weißen Flieder, den Fee so hübsch zusammengebunden hat. Eine Schande.

Mit spitzen Fingern fische ich sie heraus und entferne ein wenig Kaffeesatz von den Blättern. Ansonsten sind die Blumen noch frisch.

»Was ist denn hier los?«, fragt Gertrud, die auf einmal hinter mir steht, den neuen Blumenstrauß, den Johann Augenblicke zuvor auf die Treppe geworfen hat, in der Hand.

»Ähm ... ich ... die schönen Rosen«, stottere ich.

»Die kamen von dir?«, fragt sie verblüfft. »Warum schickst du mir Blumen?«

»Nein, nicht ich.«

»Ach so, verstehe. Jetzt spannt der Herr Pfarrer schon die Familie ein, um seine Botschaften zu überbringen. Nicht einmal selbst kann er das machen! Na, ich muss ihm ja wahnsinnig viel bedeuten ...«

»Tust du, Gertrud«, unterbreche ich sie. »Es ist nicht so, wie du denkst. Johann hat dir die Blumen persönlich vorbeigebracht.«

»Und was ist das da?« Sie deutet auf den Strauß in meiner Hand.

»Johann hat mir gerade erzählt, dass du ihn weggeworfen hast, und ich wollte ihn retten ... Was hast du mit diesem vor?« Nun zeige ich auf den Blumenstrauß in ihrer Hand.

Sie schweigt.

»Wolltest du den etwa auch in den Müll schmeißen?«, frage ich vorwurfsvoll und verschränke die Arme.

»Gib schon her!«, meint Gertrud und entreißt mir meine Rosen.

»Was machst du denn jetzt damit?«

»Ich werde sie in eine Vase auf meinen Tresen stellen«, entscheidet sie und stöckelt hastig mit beiden Sträußen davon.

Auf der Treppe zu ihrem Laden bleibt sie kurz stehen, schließt die Augen und schnuppert genüsslich an den frischen Blumen.

In mich hineingrinsend mache ich mich endlich auf den Weg.

***

Als ich Himmelreichs Buchhandlung betrete, nehme ich sofort den Geruch von neuen Büchern wahr. Sie riechen herrlich. Hätte ich mehr Zeit, würde ich auch mehr lesen. Es gibt so viele wunderbare Geschichten zu entdecken, aber heute interessiere ich mich nur für eine ganz bestimmte: die über Fossilienfunde in Deutschland.

Frau Schreiber steht auf einer Leiter und sortiert gerade Diätratgeber in eines der oberen Fächer. In jedes Buch wirft sie einen interessierten Blick, rümpft dann die Nase und stellt es weg.

»Hallo Frau Schreiber«, begrüße ich die Mutter von Renate, die eigentlich den Buchladen führt. »Wie geht es Ihnen?«

»Sehr gut, danke der Nachfrage.«

»Ist Ihre Tochter gar nicht da?«

»Sie besorgt uns im Scardellis eine Pizza zum Abendessen. Ich halte solange die Stellung. Kann ich dir vielleicht helfen?«

»Danke, ich sehe mich erst mal um.«

Frau Schreiber nickt und widmet sich dann wieder ihren Ernährungsratgebern.

Wehmütig gehe ich an dem Verkaufstisch für Liebesromane vorbei und speichere das eine oder andere Cover und den zugehörigen Titel im Hinterkopf ab. Die Bücher werde ich mir ganz sicher bei Gelegenheit näher ansehen – und kaufen – und dann monatelang liegenlassen, weil ich keine Zeit habe – aber dann in einer einzigen Nacht verschlingen.

Im Regal für Fachliteratur entdecke ich im Bereich der Geowissenschaften lediglich ein Buch namens Geografie für Dummies und eines mit dem wunderschönen Titel Warum die Hölle nach Schwefel stinkt.

Sehr bezeichnend für dieses Dorf.

Überall in der Buchhandlung stehen kleine Dinosaurier herum, im Postkartenständer gibt es sogar Ansichtskarten mit Skeletten darauf und aus den Kinderbüchern schauen mich Papp-Dinos an. Aber ein wissenschaftliches Werk fehlt im Sortiment.

»Frau Schreiber, darf ich Sie kurz stören?«, mache ich wieder auf mich aufmerksam.

Sie setzt ihre Brille ab und lässt sie an der Brillenkette über ihren gewaltigen Busen hängen. »Selbstverständlich, Liebes. Wie kann ich dir behilflich sein?«

Ob ich Frau Schreiber darauf aufmerksam machen soll, dass ich inzwischen keine zwölf Jahre mehr alt bin und mir auch ein höfliches Sie verdient habe? Andererseits wäre es befremdlich, da sie mich doch ein Leben lang geduzt hat. Das tun hier ohnehin die meisten Leute. Ich aber bleibe beim Sie. Schließlich kenne ich es nicht anders. Die älteren Dorfbewohner habe ich schon immer gesiezt. Nur Karlchen nicht. Während eines feuchtfröhlichen Abends vor einigen Jahren mit meinen Eltern und meiner Tante hatte er mir das Du angeboten, wahrscheinlich wegen seines Alkoholpegels, aber das war mir egal. Besonders viel Respekt hatte ich danach ohnehin nicht mehr vor ihm.

»Ich möchte gern ein Buch bestellen.«

»Ja, natürlich. Warte, ich komme runter.« Sie steigt gemächlich die Leiter herunter, watschelt im Schneckentempo zum Computer und setzt sich die Lesebrille wieder auf. »Welches Buch darf es denn sein?«

»Ich hätte gern ein Fachbuch über Fossilien, Dinosaurierfunde in Deutschland oder etwas Ähnliches. Irgendetwas, das zum aktuellen Geschehen in Himmelreich passt. Sie wissen schon.«

»Du möchtest also auch mitreden können.« Sie lächelt breit.

»Ja, kann nicht schaden. Ich bin im Regal aber nicht fündig geworden.«

»Die Bücher sind schon alle weg. Du glaubst gar nicht, wie viele Himmelreicher sich plötzlich für Dinosaurier interessieren.«

»Woher das bloß kommt?«

»Ich habe der kleinen Ronja aus dem McLeods und dem alten Axthelm erst die Tage ein Buch über Dinosaurierskelette bestellt. Das würde ich dir empfehlen.«

»Ja, gern. Warum nicht? Ronja hat mir davon erzählt. Sie will wohl bei ihrem neuen Freund Eindruck schinden.« Ich grinse. »Und der Axthelm hat ja einen Bruder in der Archäologie, richtig?«

»Der Axthelm? Nein, der hat doch keinen Bruder. Nur eine Schwester, aber die hat ganz andere Sorgen, als in der Erde herumzubuddeln.«

»Ach so? Er hat etwas von einem Bruder erzählt.«

»Das wüsste ich. Aber der Axthelm erzählt ja viel, wenn der Tag lang ist.«

»Offensichtlich. Und vor allem nölt er viel.«

»Also soll ich das Buch ordern?«

»Ja, sehr gern.«

»Na, da wird sich der Verlag ja wundern, dass plötzlich so viele Bestellungen für dieses Buch reinkommen«, kichert sie und fängt an, auf ihrer Tastatur herumzutippen.

»Die werden sicher auch bald erfahren, warum das so ist«, prophezeie ich.

»Na ja, Dinosaurier wurden in Deutschland bisher doch schon einige gefunden.«

»Aber kein Diplodocus, und schon gar nicht einer mit Schä... ähm ... mit so ... einem langen ... Hals.«

Hoppla, was rede ich für einen Mist? Egal, Hauptsache, nicht verplappern. Keinesfalls möchte ich, dass ein großer Norweger namens Tjark böse auf mich wird. Das schadet sicher meiner Gesundheit.

»Ach so? Ist das so etwas Besonderes? Ich kenne mich bei Fossilien wohl zu wenig aus. Ich muss ja zugeben, dass ich lieber Romanzen lese. Ich habe erst vor ein paar Tagen so eine neue Buchreihe beendet, da geht es ganz schön zur Sache, wenn du verstehst, was ich meine.« Sie wackelt anzüglich mit den Augenbrauen, sollte es aber eigentlich lieber bleiben lassen.

»Ah ... ja. Wenn es die Serie ist, an die ich denke, dann ist sie allerdings nicht neu.«

»Doch, doch, warte ... hier steht es.« Frau Schreiber sucht angestrengt im Computer und wird Minuten später tatsächlich fündig. »Hier ... 2012 ... oh. Doch nicht mehr so neu.«

»Hm. Haben Sie mein Dino-Buch bestellt?«

»Ach so, das habe ich ganz vergessen. Da muss ich wieder zurückgehen.«

Wieder vergehen einige Augenblicke, in denen Frau Schreiber jeden Buchstaben leise mitspricht, den sie eintippt, zwischen dem Bildschirm und der Tastatur hin- und hersieht und immer wieder kleine Flüche ausspricht.

Renate, wo bist du nur?

Wenn ich nicht die heimische Wirtschaft unterstützen wollen würde, hätte ich das Buch schon längst im Internet bestellt.

»So, erledigt«, teilt mir Frau Schreiber stolz mit. »Morgen kannst du es abholen.«

»So schnell? Das ist klasse. Vielen Dank.«

»Dafür bin ich doch da, Liebes. Kann ich sonst noch etwas für dich tun?«

»Nein, danke ... oder doch? Moment ...« Ich flitze an den Verkaufstisch, an dem ich vorhin vorbeigegangen bin, schnappe mir drei Liebesromane, deren Cover mir am besten gefallen haben, und lege sie Frau Schreiber auf den Tresen.

»Ah, die wollte ich auch noch lesen«, sagt sie und zwinkert mir zu. »Das macht sechzig Euro und sechzig Cent für alle vier Bücher.«

Kapitel 13

Das McLeods ist wie immer gut besucht. Nur wenige Tische sind noch frei, und die vielen Stimmen der Gäste übertönen die leise Hintergrundmusik.

Schnell stecke ich mir noch ein Pfefferminzbonbon in den Mund – man kann ja nie wissen, ob man spontan dem Traumprinzen begegnet – und schlängle mich durch die Sitzgruppen.

Ronja erwartet mich an der Bar mit einem frisch gemixten Cocktail. Den kann ich jetzt gut gebrauchen. Aber leider ist es nicht die einzige Überraschung am Tresen. Karl König sitzt auf einem Barhocker, vor sich einen Krug Bier, und führt Selbstgespräche. Im ersten Moment schnappe ich nur Fetzen wie alles umsonst und der Dinosaurier ist ein Fluch auf, ansonsten höre ich nur unverständliches Gebrabbel. Ich setze mich etwas abseits zu Ronja an die Bar, lege meine große Tasche mit den drei neuen Büchern auf den Tresen und blicke verstohlen zum lallenden Bürgermeister hinüber.

»Was ist denn bei dem kaputt?«, frage ich meine Freundin, die gerade ein Glas poliert.

»Keine Ahnung. Ich war bisher in der Küche und Alex hatte keine Lust, sich mit ihm auseinanderzusetzen. Er hat Karl das Bier hingestellt und bedient jetzt lieber die Gäste im Garten.«

»Und nun musst du hier die Stellung halten? Danke übrigens.« Ich proste ihr mit meinem Cocktail zu und nehme einen großen Schluck durch den Strohhalm.

Auch Ronja hebt ein Glas, das sie hinter dem Tresen versteckt hat, und nippt daran.

»Seit Fee wegen ihres Blumenladens nicht mehr regelmäßig aushelfen kann, muss ich ab und an das Handtuch schwingen. Ist aber okay für mich. Extrastunden bedeuten Extrakohle. Ich kann mich im Moment wegen zu wenig Arbeit also nicht beklagen.«

»Ja, ich habe neben der Party für meine Eltern auch noch neun weitere Hochzeiten zu planen. Langweilig wird es nicht, aber wenn ich nicht vor Ort in Freiburg bin, ist die Organisation etwas mühselig. Das Meiste muss ich übers Telefon regeln.«

»Besser so, als wenn es gar nicht läuft.« Ronja deutet mit dem Kinn in Richtung Bürgermeister, der inzwischen etwas von Rücktritt faselt.

Das Leben in Himmelreich wäre ohne ihn wahrscheinlich weniger stressig, aber sicher nur halb so lustig. Mal abgesehen davon will den Job sowieso kein anderer machen.

»Warst du in der Buchhandlung?«, fragt mich Ronja unvermittelt und schielt in meine Umhängetasche, aus der meine Beute lugt.

»Ja, ich habe mir das Dino-Buch bestellt, das du auch bekommen hast.«

»Ah, wie cool. Dann kannst du auf der Baustelle mit deinem Wissen glänzen.« Sie grinst schelmisch. »Vielleicht setze ich Tjark mal darauf an, dich mit einem seiner Mitarbeiter zu verkuppeln. Da sind ein paar heiße Typen dabei ... aber Tjark gehört mir!«

»Gott bewahre, ich fische doch nicht in fremden Gewässern.«

Nun stibitzt Ronja eines der Taschenbücher. »Das sieht mir aber weniger nach Paläontologie aus.« Sie studiert das Cover und den Klappentext auf der Rückseite und zieht dabei amüsiert die Augenbrauen nach oben.

»Was ist? Ich konnte nicht dran vorbeigehen.«

»Richtige Schmonzette«, lästert sie.

»Na und? Ich steh auf solche Geschichten«, verteidige ich mich halbherzig und versuche, mein Buch zurückzubekommen, doch Ronja ist schneller und liest: »Auf zum Anfang. Der neue Liebesroman von Bestsellerautorin Hailey Garcia. Ein Neuanfang mit dem Ex. Kann das gutgehen? Emily und Jason waren zu Schulzeiten unzertrenn...«

»Gib schon her!« Endlich habe ich meine Schnulze zurückerobert und stopfe sie zurück in die Tasche.

»Die Namen der Protagonisten kann man sicher beliebig tauschen. Zum Beispiel gegen Patrick und Nicole ... aua!«, schreit Ronja auf, als ich ihr auf den Oberarm boxe.

»Die kann man überhaupt nicht tauschen«, protestiere ich. »Das ist eine völlig andere Story.«

»Hat der Erwerb dieses Schmökers einen bestimmten Grund?«, stichelt sie weiter und amüsiert sich prächtig. »Wolltest du dir Tipps und Anregungen holen?«

»Ich habe den Klappentext gar nicht gelesen. So! Die Cover haben mir gefallen, da habe ich einfach zugegriffen. Ich konnte ja nicht ahnen, dass da so ein Mist dabei ist.«

»Och, da tust du Frau Garcia aber Unrecht. Sie ist immerhin Bestsellerautorin.«

Als ich zu einem weiteren Faustschlag aushole, verschwindet Ronja flink wie ein Wiesel wieder hinter den Tresen. Sie kriegt sich kaum noch ein vor Lachen, und hält sich an ihrem Cocktailglas fest.

Obwohl Alex sich nun auch zu uns gesellt, lässt Ronja ihr Getränk nicht wieder unter die Theke wandern, sondern wünscht »Prost, Chef« und nimmt einen großen Schluck.

»Ich glaube, ich brauche jetzt auch ein Bier«, seufzt er. »Das Dickerchen macht mich wahnsinnig. Seit zwei Stunden hockt er hier und lässt sich volllaufen.«

»Und er hat nicht erwähnt, warum er das tut?«, möchte ich wissen und bin froh über die Ablenkung von meiner Person und meiner längst vergangenen Beziehung.

»Ich will es gar nicht wissen. Seit Wochen gibt es keine anderen Themen mehr als diese Fabrik, den Knochenfund, die Ausgrabungen und seinen bescheuerten Dinosaurierpark.«

»Sollten wir nicht irgendjemanden anrufen, der ihn abholt? Er hat gerade seine Daumen in eine Diskussion verwickelt.«

Wir beobachten Karl eine ganze Weile, wie er in unterschiedlichen Tonlagen mit seinen Fingern spricht.

»Der Dinosaurier gehört Ihnen nicht«, lallt der rechte Daumen. »Den können Sie nicht behalten.«

»Das ist alles Quatsch hier«, mischt sich nun der linke Daumen ein. »Die Fabrik wird hier nicht gebaut.«

Ich habe den Mann noch nie so erlebt. Ein bisschen gaga war er ja schon immer, aber ich kann mich nicht erinnern, dass er einmal so vollkommen benebelt war. Sehr skurril.

»Wir holen Johann her«, entscheidet Alex plötzlich. »Er kann Karlchen doch am besten Paroli bieten. Ich habe keine Lust mehr dazu.«

»Oder meine Tante. Es geht ja offensichtlich um die Pastillen-Fabrik. Das ist ihr Projekt. Vielleicht kann sie ihn beruhigen.«

»Oder Gertrud und Johann nehmen gemeinsam meinen Laden auseinander, so wie die sich zurzeit ankeifen.«

»So ein Blödsinn«, mischt sich Ronja ein. »Gertrud und Pfarrer Wohlfahrt sollen sich ruhig zusammen um den Bürgermeister kümmern.«

»Ja, da haben sie eine gemeinsame Aufgabe«, schlussfolgere ich entzückt. »Das ist eine gute Idee. Alex, du rufst Johann an und ich meine Tante.«

Alex seufzt genervt, holt aber dennoch sein Handy aus der Hosentasche und wählt eine Nummer.

Ich tue es ihm gleich und zitiere Gertrud ins McLeods. Begeistert klingt sie nicht, doch sie lässt sich von mir breitschlagen.

Eine Viertelstunde später stürmen vier Personen das Pub: zuerst Gertrud, gefolgt von meiner Mutter, meinem Vater und zum Schluss Johann.

»Was ist denn los?«, fragt meine Tante und stemmt die Hände in die Hüften.

Karl dreht sich um, breitet die Arme aus und beginnt blöde zu lachen. »Gertrud, meine einzige Freundin!«

Nachdem er von seinem Barhocker gerutscht ist, taumelt er in Gertruds Arme. »Ich wüsste nicht, was ich ohne dich machen sollte. Lass dich knuddeln!«

Schnell ist Johann bei ihnen und fängt den Bürgermeister ab. »Hey, sie ist immer noch meine Verlobte!«

»Das war mal!«, protestiert Gertrud sofort.

»Ach, und jetzt wirfst du dich gleich dem Stadtoberhaupt an den Hals?«

Dorf! Da kann man nur noch den Kopf schütteln. Oder sich alternativ Popcorn holen, in einen Sessel kuscheln und zusehen, was passiert.

»So ein Unsinn! Er wirft sich mir an den Hals.«

Karl kichert. »Ich werfe nicht. Ich kann nämlich gar nicht werfen.« Sofort schlägt seine Stimmung wieder um und er macht ein mitleiderregendes Gesicht. »In der Schule wollte mich beim Brennball niemand in der Mannschaft haben. Und jetzt will auch keiner mehr mit mir spielen!«

»Was soll das denn heißen?«, meldet sich nun auch meine Mutter zu Wort.

»Der Bau ist abgesagt«, stößt Karl hervor. »Die Fabrik wird nicht in Himmelreich gebaut.«

Gertrud schüttelt den Kopf, doch er beachtet sie gar nicht.

»Jetzt geht die Kamp-Nestor bestimmt nach Wolkenbusch«, klagt Karl weiter. »Diese kleinen Aasgeier werden sich die Fabrik unter den Nagel reißen. Dieser verdammte Niklas Kempf lacht sich bestimmt schon ins Fäustchen. Und wisst ihr, was das Schlimmste ist? Ich darf den Duplodocturus nicht behalten!«

»Diplodocus«, wirft Ronja ein.

»Dabei habe ich ihn gefunden!«

»Das ist so nicht korrekt«, stellt Alex klar. »Er wurde bei den Bauarbeiten entdeckt.«

»Aber er gehört mir!«

Wie ein bockiges Kind stampft der Bürgermeister auf den Boden. Spätestens jetzt habe ich sämtlichen Respekt vor ihm verloren.

»Das Skelett gehört dem Land«, verbessert Ronja erneut.

»Enteignet wurde es uns!«

»Der Fund hat nun einmal eine große wissenschaftliche Bedeutung. Natürlich können Sie ihn nicht behalten. Zumal das Grundstück auch nicht Ihres ist, sondern inzwischen der Kamp-Nestor-Gruppe gehört.«

»Vorlautes Fräulein!«

»Karl, jetzt beruhig dich doch erst mal!«, mischt sich mein Vater ein und klopft dem Bürgermeister freundschaftlich auf die Schulter. »Die junge Dame ist nicht schuld an der Situation.«

»Himmelreich wird aber als Fundort eines kompletten Dinosauriers in die Geschichtsbücher eingehen«, versuche ich auch mal mein Glück. »Das Dorf wird berühmt, genau, wie du es wolltest.«

Nachdenklich hält der Bürgermeister inne. »Mein Städtchen wird berühmt!«

Wir alle nicken.

»Wenn ich jetzt auch noch etwas sagen dürfte!«, fährt Gertrud dazwischen.

Hoppla, es ist ja noch nie passiert, dass sie nicht zu Wort kam.

»Lieber Karl, ich kann dich in Bezug auf Wolkenbusch beruhigen. Frau Kamp-Nestor wird die Fabrik dort keinesfalls bauen lassen. Sie ist bereits auf der Suche nach einem neuen Grundstück – hier in Himmelreich.«

Erstaunt blicken wir alle zu Gertrud, die stolz das Kinn reckt.

»Es soll allerdings etwas weiter außerhalb liegen, damit das Dorfbild nicht zerstört wird. Die Möglichkeiten werden gerade geprüft. Sie hat mir versprochen, dass wir eine Lösung in Himmelreich finden.«

»Was ist denn hier los?«, fragt plötzlich jemand neben mir. Es ist Fee, die mit verschränkten Armen die Szene verfolgt.

Ich war so vertieft in diesen Schlagabtausch, dass ich gar nicht bemerkt habe, wie sie das Pub betreten hat.

»Hallo Fee, du kommst genau richtig zum Finale«, begrüße ich sie.

»Gibt es jetzt wieder eine Schlägerei?«

»Das will ich hoffen. Mir wird langsam langweilig hier.« Fee kichert.

»Jetzt bin ich gespannt, ob Karl in die Klapse muss oder ob er sich beruhigen lässt.« Auch ich verschränke meine Arme vor der Brust.

Gertrud spricht weiter: »Außerdem würde ich die Gelegenheit gern nutzen, um eine Ankündigung zu machen: Ich habe die Rezeptur der Halspastillen überarbeitet und möchte, dass ihr nun alle eine kostet.«

Dem allgemeinen Gemurmel, das nun einsetzt, entnehme ich eine Mischung aus Angst und Erstaunen. Johann sieht skeptisch aus, während meine Mutter zufrieden lächelt. Was hat sie denn jetzt damit zu tun?

Fee will sich gerade davonstehlen, doch ich halte sie am Arm fest. »Wir alle, sagte meine Tante.« Ich grinse sie diebisch an.

Gertrud kramt ein Döschen hervor und hält es uns so lange unter die Nase, bis jeder eine Pastille herausgefischt und sie widerwillig in den Mund gesteckt hat. Jedoch folgt nicht die erwartete Übelkeit, sondern großes Erstaunen.

Die Klumpen sehen zwar noch immer aus, als hätte ein Kleinkind seiner Mama einen Käfer aus Ton gebastelt, aber der Geschmack treibt mir keine Tränen mehr in die Augen. Auch verspüre ich nicht mehr das Bedürfnis, die Pastillen sofort herunterzuwürgen, damit die Qual ein möglichst schnelles Ende hat. Sogar der fischige Nachgeschmack ist weg. Ich bin erstaunt.

»Was ... wie kommt es?«, frage ich Gertrud, die siegessicher inmitten der Runde steht. »War das der Geruch heute in deinem Laden?«

Sie nickt.

»Was hat das zu bedeuten?«, will nun auch Johann wissen.

Gertrud seufzt und sieht ihren Verlobten ... Ex-Verlobten liebevoll an. »Meine Schwester hat von meinem Produkt gekostet und sich fast übergeben. Sie sagte, sie sind ... scheußlich.«

Meine Mutter grinst schuldbewusst, aber ich bin mir sicher, dass ihr alle Anwesenden insgeheim für ihre mutige Tat auf die Schulter klopfen würden. Nur Johann steht da wie ein begossener Pudel und zieht ein mitleidiges Gesicht.

»Ich weiß, dass viele meine Pastillen nicht mochten«, fährt Gertrud fort. »Ich bin ja nicht auf der Wurstsuppe dahergeschwommen. Und meine Schwester hat mir die Augen geöffnet. Frau Kamp-Nestor ist zwar vom alten

Rezept begeistert, was mich immer bestärkt hat, aber wir zwei haben wohl einen sehr eigenwilligen Geschmack.«

Wie Unschuldslämmer sehen wir alle zu Boden.

»Sie wird die alte Rezeptur dennoch verwenden und auch die neue prüfen«, spricht Gertrud weiter.

Im McLeods ist es mucksmäuschenstill geworden. Nicht nur Karl, Alex, Ronja, meine Eltern, Fee und ich halten den Atem an, sondern auch die anderen Gäste trauen sich anscheinend nicht, nur ein winziges Geräusch von sich zu geben. Wann sieht man schon mal einen völlig betrunkenen Bürgermeister und eine Gertrud, die von ihrem Standpunkt abweicht?

»Es tut mir so leid, dass keiner deine Pastillen mochte, Liebling«, sagt Johann.

»Das muss es nicht. Es war mir ja egal.«

Er lächelt sie an und wendet sich dann an meine Mutter: »Aber was hast du denn nur zu deiner Schwester gesagt?«

Die zuckt mit den Schultern. »Nur das, was ich denke. Ich wollte natürlich von dem Wunderprodukt kosten, das meine liebe Schwester erfunden hat und von dem alle Welt schwärmt. Leider habe ich Brechreiz bekommen, sobald die Pastille meine Zunge berührt hat. Ich sagte zu Gertrud, dass sie schrecklich schmeckt. Soll ich sie etwa anlügen?«

»Ja eben, das wollte ich doch auch nicht«, entgegnet Johann.

»Es tut nun einmal weh, wenn der Partner so etwas sagt. Von mir aber ist Gertrud nichts anderes gewohnt.« Sie zieht ihre Schwester in ihren Arm. »Wir waren immer ehrlich zueinander.«

»Ich möchte, dass auch wir ehrlich zueinander sein können«, gibt Johann zu bedenken und sieht Gertrud an. »Ich will dir doch nichts vormachen.«

»Das sollst du doch auch nicht. Es tut mir leid, wie ich in der Therapiesitzung reagiert habe. Aber du hast mich gekränkt.«

»Das wollte ich nicht. Wirklich. Und vor allem wollte ich dir nie etwas unterstellen. Du warst so enttäuscht, weil ich geglaubt habe, du hättest etwas mit dem Knochendiebstahl zu tun. Auch das tut mir schrecklich leid. Ich bin ein Hornochse.«

»Ja, das bist du«, bestätigt Gertrud ihm. »Aber wenn du das schon vor versammelter Mannschaft zugibst, dann will ich dir verzeihen.«

So einfach? Meint sie das ernst?

Das scheint sich auch Johann zu fragen, denn er sagt kein Wort, genau wie alle anderen.

Gertrud stemmt die Hände in die Hüften. »Du hast mich schon richtig verstanden. Ich verzeihe dir. Ich weiß, dass es dir leidtut. Das hast du mir nun mehr als einmal bewiesen.«

Meine Tante und der Pfarrer fassen sich an den Händen und werfen sich weitere Entschuldigungen zu. Die ersten Anwesenden rollen bereits mit den Augen. Andere verlieren bereits das Interesse an der Versöhnung. Als die beiden nun auch noch anfangen, sich zu busseln, wende auch ich mich lächelnd ab. Ich bin heilfroh, dass sie sich nun endlich vertragen haben.

»Ich geh schlafen«, verkündet Karl König lallend und torkelt zur Tür.

Wir sehen ihm hinterher, doch keiner von uns fühlt sich mehr berufen, ihn nach Hause zu bringen. Gertrud und Johann sind mit sich selbst beschäftigt und meine Eltern unterhalten sich gerade mit Alex.

Ach, Karlchen schafft das schon.

»Nicole?«, sagt Fee neben mir und reißt mich vom Anblick des Bürgermeisters los. »Das ist alles wahnsinnig spannend, aber ich platze vor Neugier. Wie war deine Verabredung mit diesem Sascha heute?«

Ich seufze. »Erzähle ich dir. Aber erst mal brauche ich noch einen Cocktail. Ronja macht dir sicher auch einen. Komm.«

Wir setzen uns wieder an die Bar, Ronja mixt noch ein paar Cocktails für uns, und ich berichte währenddessen von meiner weiteren Pleite heute Nachmittag.

»Nicole!«, platzt Gertrud auf einmal in unser Gespräch und legt mir einen Arm um die Schulter.

Im Augenwinkel sehe ich, wie Johann und meine Eltern mich erwartungsvoll anlächeln. Sie strahlen wie Fünftausendwattbirnen. Was wollen die denn nun schon wieder?

»Nicole!«, wiederholt meine Tante, als wäre ihr meine volle Aufmerksamkeit noch nicht genug. »Wir haben eine Idee!«

Plötzliche Einfälle von Gertrud bedeuten jede Menge Aufwand. Ich sollte schleunigst die Beine in die Hand nehmen, aber sie hat mich fest im Griff.

»Johann und ich haben uns versöhnt.«

»Ich weiß, das halbe Dorf war dabei«, werfe ich dazwischen.

»Wir haben uns ausgesprochen, und ich habe ihm verziehen.«

»Auch das habe ich mitbekommen.«

»Er hat sich entschuldigt.«

»Ja ...«

»Wir wollen doch heiraten!«

Yes!

Allerdings hätte ich mir gewünscht, dass Gertrud zur Besinnung kommt, *bevor* ich sämtlichen Dienstleistern absage.

»Und du sollst unsere Hochzeit planen.«

Ach nee!

Meine Tante grinst mich an, als ob das ein Privileg wäre. Gequält lächle ich zurück.

Warum einfach, wenn es auch schwierig geht?

»Wir haben überlegt, dass wir die Hochzeit und die Scheidungsparty deiner Eltern zusammen feiern könnten.«

Mein Lächeln gefriert.

»Ist doch eine witzige Idee, oder?«

Total lustig!

»Da hast du nicht so viel Arbeit.«

Wie rücksichtsvoll!

»Wir würden ohnehin dieselben Gäste einladen. Essen und Getränke sind auch da. Mehr brauchen wir nicht.«

Wie praktisch! Hochzeit und Scheidung haben ja auch so viele Gemeinsamkeiten.

»Was sagst du dazu?«, mischt sich nun auch meine Mutter ein, die völlig euphorisch in die Hände klatscht.

»Was ich dazu sage? Das ist ...«

Halt, Nicole! Sag jetzt nichts, was du später bereuen könntest. Du wolltest, dass Gertrud und Johann sich vertragen, und du wolltest auch, dass sie heiraten. Außerdem willst du deine Eltern wieder vereinen. Wie könnte das besser funktionieren, als wenn sie an einer romantischen Hochzeit teilnehmen? Kein Mensch kann seine Trennung feiern, wenn ein anderes Paar den Bund der Ehe schließt. Das ist physikalisch gar nicht möglich ... glaube ich. Oder biologisch? Ach, egal. Es ist eine grandiose Idee. Gertrud hat recht!

»... das ist fantastisch«, beende ich meinen Satz. »Das müssen wir unbedingt in Ruhe besprechen. Aber jetzt entschuldigt mich bitte.«

Im Hinausgehen höre ich noch, wie die beiden Paare sich über das bevorstehende Ereignis freuen und anfangen, weitere Ideen auszutauschen, doch ich muss dringend an die frische Luft. Ich kann das gerade nicht länger ertragen. Heiraten - doch nicht heiraten - doch wieder heiraten - scheiden lassen ... das ist alles zu viel für mich. Meine Familie treibt mich in den Wahnsinn.

Draußen auf der Treppe entdecke ich Jupp, der in einer Wolke aus Zigarettenrauch sitzt. Ich schnuppere. Nein, es ist Gras. Natürlich. Hat er neue Quellen aufgetan?

Kurzerhand geselle ich mich zu ihm und strecke die Hand aus. »Darf ich mal ziehen?«

»Mädel, was'n da los? Seit wann rauchst'n du?«

»Seit heute. Bitte, darf ich? Ich brauche dringend etwas, das mein Hirn vernebelt, damit ich nicht mehr nachdenken muss ... nichts für ungut.«

Jupp glotzt mich an und grübelt, aber er rafft zum Glück nicht, dass ich ihn gerade beleidigt habe. Unbeabsichtigt selbstverständlich. Er reicht mir den Joint, und ich mache einen kräftigen Zug.

Keine gute Idee! Aber so was von! Warum hat er mich nicht vorgewarnt?

Laut hustend stoße ich den Rauch wieder aus. Meine Lungen brennen. Zumindest habe ich das Gefühl. Der Geschmack in meinem Mund ist widerlich, und ich habe die Befürchtung, ich falle gleich um.

»Alles okay, Kleine? Vielleicht setzt'de dich lieber.« Jupp rutscht ein Stück beiseite und reicht mir die Hand, weil ich schon anfange zu schwanken.

»Wow, das ist ja heftig. Ich glaube, ich höre auf zu kiffen«, witzle ich schwach.

»Ist 'ne gute Entscheidung. Respekt.«

»Rauchst du das täglich?«

»Nein! Nie!« Jupp schüttelt den Kopf und legt dabei den Zeigefinger an die Lippen.

Gut, wenigstens scheint er zu wissen, dass es nicht ganz legal ist, was er da tut.

»Sag mal, Jupp, du hast doch von dem neuen Projektor und der Leinwand für dein Kino erzählt.«

»Keine Panik, zur Feier ist alles fertig eingebaut. Hey, du willst doch noch bei mir feiern, oder? Ich habe schon alle Vorstellungen für diesen Tag abgesagt.«

Er betreibt doch kein Großstadtkino. Ich bezweifle, dass überhaupt jeden Tag einer dieser alten Streifen läuft. »Was ... wie viele Vorstellungen waren denn geplant?«

»Eine.«

Aha, wusste ich es doch. »Keine Sorge, die Feier findet statt. Ich muss sie nur etwas erweitern, das hat aber sicher keine großen Auswirkungen auf dich. Was ich eigentlich fragen wollte - und ich hoffe, ich trete dir dabei nicht zu nahe - wer aus deiner Familie ist denn eigentlich verstorben? Du hattest von einem Erbe erzählt, sonst nichts.«

Die Worte meiner Mutter kommen mir ins Gedächtnis, Jupp hätte nur einen Sohn in Neuseeland.

»Mein Vater hat sich vor Kurzem verabschiedet.«

Jupps Stimmung kann ich aus seinen Worten nicht deuten. Weder klingt er besonders betrübt, noch wirkt er so, als wäre es ihm gleichgültig.

»Oh mein Gott, das tut mir schrecklich leid.«

»Danke, aber ich kannte ihn ja kaum.«

»Davon wusste ich gar nichts, Jupp. Ich glaube, keiner im Dorf kennt diese Geschichte.«

Er sieht zu Boden und seufzt. »Ich wollte das nie an die große Glocke hängen. Das gehört leider zu meiner Vergangenheit. Meine Mutter ist bei meiner Geburt gestorben, und mein Vater fühlte sich der Situation nicht gewachsen. Er hat mich weggegeben.«

»Wie furchtbar. Ich weiß nicht, was ich dazu sagen soll.«

»Ist nicht nötig, Nicole. Es ist in Ordnung für mich. Ich hab mich doch in meiner Pflegefamilie sehr wohl gefühlt.«

»Trotzdem war es sicher nicht immer leicht für dich.«

»Ich kannte es ja nicht anders.«

»Hattest du denn in letzter Zeit Kontakt zu deinem leiblichen Vater?«

»Vor vielen Jahren, als ich ihn gesucht hatte. Dann nicht mehr.«

»Hat er eine neue Familie?«

»Nee.«

»Und deshalb bekommst du nun all sein Geld?«

»Ja. Wobei ich manchmal nicht das Gefühl habe, dass es mir zusteht.«

»Darüber solltest du nicht nachdenken. Du kannst es doch gebrauchen. Und dein alter Herr wird es dir sicher gönnen, sonst hätte er es jemand anderem vermacht.«

»Hast vermutlich recht. Hey, aber erzähl es nicht rum, okay?«

»Natürlich Das bleibt unter uns, keine Sorge.«

»Danke. Du bist voll in Ordnung.«

Ich lächle in mich hinein. Jupp ist schon eine Type. Aber ich mag ihn. So ziemlich jeder mag ihn. Obwohl wir alle gar nicht viel von ihm wissen. So schade, dass er niemanden an seiner Seite hat.

»Was ist denn da drinnen los?«, fragt jemand in unser Gespräch hinein. Es ist Axthelm, der mit Herrn Schmidt an der Leine neugierig seinen Blick ins Innere des Pubs wirft.

Aus der geöffneten Tür dringen lautes Gelächter und aufgeregte Stimmen, die ich als die meiner Eltern, meiner Tante und von Johann identifiziere. Darunter mischt sich der allgemeine Lärmpegel der anderen Gäste.

»Herr Axthelm«, begrüße ich den alten Kauz höflich.

»Immer da, wenn es etwas zu sehen gibt.« Den Hauch von Ironie kann ich leider nicht unterdrücken.

»Was gibt es denn zu sehen?«, fragt er nach.

»Das Lustigste haben Sie schon verpasst. Der volltrunkene Bürgermeister ist längst nach Hause.«

»Wer will den alten Choleriker schon betrunken sehen? Der pinkelt dann wahrscheinlich selbst an seine Blumenkübel.«

»Kann man nicht ausschließen.«

»Mich interessiert dieses Kasperletheater sowieso nicht«, grummelt er und setzt seinen Weg auch schon fort.

Ich schüttle den Kopf.

»Der Axthelm scheint Sensationen zu riechen«, stellt Jupp fest.

»Wahrscheinlich hat er nur dein Gras gerochen«, ärgere ich ihn.

»Quark, das riecht man doch nicht.«

Öhm ...

»Um die Zeit geht er sonst nicht mehr im Dorf mit seinem Hund spazieren. Da treiben die sich immer in den Feldern herum. Wahrscheinlich stört ihn im Moment die Baustelle.«

Ich lege den Kopf schief. »Wie meinst du das? Er schnüffelt da ständig herum.«

»Ach so. War nur eine Vermutung. Ich hab ihn sonst oft dort gesehen, als die Baustelle noch nicht da war.«

»Tatsächlich?«

»Die Felder dahinter gehören ihm, glaube ich. Hat mich dort mal weggejagt, als ich meditieren wollte.«

»Interessant«, sage ich mehr zu mir selbst als zu Jupp. Hatte Axthelm nicht behauptet, er wäre sonst nie bei den Feldern Gassi gegangen? Der Mann hat mich angeflunkert. Genau wie mit der Aussage, er hätte einen Bruder, der Archäologe ist. Frau Schreiber aus der Buchhandlung sagte, er hätte nur eine Schwester und klang dabei wirklich sehr sicher.

Warum lügt Axthelm?

Er hat sich ein Buch über Paläontologie bestellt. Und er hat Gertrud gefragt, wie man etwas bei ebay verkauft. Er wird doch nicht ...

Schwachsinn!

Oder vielleicht doch?

Das muss ich herausfinden! Kann sein, dass ich Gespenster sehe und Axthelm einfach nur schräg ist. Vielleicht flunkert er aus Gewohnheit, weil er seine Ruhe haben will.

Der Gedanke lässt mich nicht los, und deshalb verabschiede ich mich schnell von Jupp, flitze in den Gastraum, um meine Tasche zu holen, und wünsche auch den Mädels eine gute Nacht. Für eine Erklärung ist keine Zeit.

Zunächst laufe ich in die Richtung, in die Axthelm verschwunden ist, bis ich ihn wieder vor mir sehe. Schnell verstecke ich mich hinter einer Hausecke, denn Herr Schmidt knurrt in meine Richtung.

Axthelm schaut sich um, doch er kann offensichtlich nichts erkennen. »Komm, du Angsthase. Hier ist niemand«, brummelt er und zerrt den Hund hinter sich her.

Ich könnte gerade etwas weniger auffällige Klamotten gebrauchen. Mein leuchtend pinkes Top und die weißen Shorts sind für eine Undercover-Mission nicht ganz geeignet. Aber Zeit zum Umziehen habe ich nicht, obwohl wir gerade an Gertruds Haus vorbeikommen.

Eine ganze Weile schleiche ich hinter den beiden her, springe ab und an hinter einen Busch oder einen Blumenkübel und versuche, möglichst keine Geräusche zu machen.

Axthelm geht nach Hause. Na super! Dahin hätte ich auch ohne meine Spionageaktion gefunden. Vielleicht sollte ich es für heute sein lassen. Nicht, dass Herr Schmidt mich noch auffliegen lässt. Aber ich kann auch nicht riskieren, dass Axthelm etwas beiseiteschafft, bevor ich es entdecke.

Wenn es überhaupt etwas zu entdecken gibt.

In der Nähe der Pension, in der er weiterhin wohnen darf, obwohl Maike und ihr Freund Steve sie übernommen haben, warte ich hinter einem Baum, bis Axthelm im Hauseingang verschwunden ist. Das große Haus liegt etwas abseits des Dorfes auf einem weitläufigen Grundstück unweit der Baustelle. Es ist also durchaus möglich, dass Axthelm auch vor den Bauarbeiten dort öfter unterwegs war, wie Jupp sagte.

In einigen Fenstern brennt noch Licht. Ich muss vorsichtig sein. Sicher sind Maike und Steve noch wach. Auch ein paar Zimmer der Pension scheinen belegt zu sein. Ansonsten ist der Hof nicht beleuchtet und wirkt etwas gruselig.

Im Untergeschoss wird eine Deckenlampe angeknipst und ich sehe Axthelm hinter dem Fenster, wie er es sich vor dem Fernseher gemütlich macht. Bläuliches Licht flimmert in den Innenhof.

So ein Mist! Ich dachte, er würde schlafen gehen. Aber durch den Fernseher ist er hoffentlich genug abgelenkt.

Ich traue mich aus meinem Versteck und schleiche über den Hof, bedacht darauf, dass mich Axthelm von seinem Zimmer aus nicht sehen kann. Hoffentlich entdeckt mich auch kein anderer Gast.

An der Hauswand angelangt, drücke ich mich fest dagegen und taste mich daran entlang, bis ich die Hinterseite des Gebäudes erreiche. Ein paar Meter davon entfernt befindet sich ein Nebengelass aus Holz, das fast so groß ist wie das Haupthaus selbst.

Na prima, da kann ich mich ja dumm und dusselig suchen. Wo soll ich denn bloß anfangen?

Etwas ratlos laufe ich auf ein großes Holztor zu, drücke dagegen und stelle fest, dass es glücklicherweise nicht verschlossen ist. Aus meiner Hosentasche fische ich mein Handy, schalte die Taschenlampe an und schließe das Scheunentor hinter mir.

Der Schein des Blitzlichts an meinem Telefon lässt mich allerding nur wenige Meter weit sehen. Ich kann einen Traktor und einen Anhänger erkennen, die beide sicher nicht mehr fahrtüchtig sind. Der Traktor rostet vor sich hin und der Anhänger hat vier platte Reifen.

Rechts neben dem Tor entdecke ich eine Tür zu einem Nebenraum. Ich versuche sie zu öffnen, doch sie sitzt fest. Mit voller Wucht drücke ich dagegen, dann springt sie endlich auf. Ganz schnell trete ich allerdings den Rückzug an.

Scheiße! Im wahrsten Sinne des Wortes. Das ist ein Plumpsklo! Wie eklig. Hastig zerre ich die Tür wieder zu und widme mich der langen Holzleiter, die neben der Tür zum Heuboden führt. Den knöpfe ich mir als nächstes vor. Zum Glück suche ich nicht die Stecknadel im Heuhaufen, sondern ein paar relativ große Knochen. Beim Anblick der Heumenge möchte ich aber am liebsten heulen. Wollen die damit eine komplette Schafherde über den Winter bringen? Hier finde ich doch nie etwas! Nur am vordersten Rand wühle ich ein wenig mit den Füßen im Heu herum, gebe aber schnell wieder auf, weil das Zeug mir in die Sohlen piekt. Wahrscheinlich hätte Axthelm die Dinger ohnehin nicht ohne Hilfsmittel hier hinauf bekommen.

Zurück am Boden entleere ich zunächst meine Ballerinas und sehe mich weiter um. Wahllos schaue ich in steinalte Schränke hinein, spähe in die zahlreich vorhandenen Nischen und klettere schließlich in das Führerhäuschen des Traktors. Vielleicht habe ich von hier oben einen besseren Überblick. Doch das fehlende Licht macht es nicht gerade einfach. Ich leuchte in alle Richtungen, aber es hat keinen Sinn. Vielleicht sollte ich am Tag noch einmal wiederkommen.

Oder vielleicht bin ich auf dem völlig falschen Dampfer und verdächtige Axthelm grundlos.

Seufzend hocke ich mich auf den Sitz des Traktors und bereue es sofort.

Meine Shorts. Shit!

Gerade als ich aufstehe, fällt der Schein des Telefons auf die Ladefläche des Anhängers. Ich meine, ein paar Laken zu erkennen, die etwas abdecken.

Könnten ein paar alte Gerätschaften sein – oder aber verschwundene Dinosaurierknochen.

Meine Neugier siegt über meine Unlust, meine weißen Shorts noch mehr zu versauen, und ich klettere über die hohen Seitenwände in den Anhänger hinein. Ich richte das Licht auf die Laken und ziehe sie weg, auf alles vorbereitet.

Ich fasse es nicht!

Vor mir liegen große Brocken aus Stein, die tatsächlich die verlorenen Schwanzwirbel des Diplodocus sein könnten.

Schnell knipse ich ein paar Bilder von meinem Fund und breite dann die Laken wieder sorgfältig darüber aus.

Was mache ich denn jetzt?

Axthelm vom Sofa klingeln und ihn zur Rede stellen? Tjark benachrichtigen?

Dann würde Axthelm womöglich verhaftet.

Auch wenn ich den Alten unheimlich und sonderbar finde, möchte ich nicht daran schuld sein, dass er in den Knast wandert. Keine Ahnung, ob der das überlebt.

Kurzerhand tippe ich eine Nachricht an Ronja und Fee ins Handy: Ich habe etwas entdeckt, das ich mit euch besprechen möchte. Können wir uns morgen früh an der großen Eiche bei Maikes Pension treffen?

Noch bevor ich vom Anhänger geklettert bin, erreicht mich die erste Antwort von Fee, die sofort einen vollständigen Bericht erwartet. Auch Ronja möchte wissen, was los ist. Ich vertröste beide auf morgen, was mit verärgerten Smileys quittiert wird. Für ein Treffen ist es heute einfach zu spät, und ich möchte das lieber persönlich mit den beiden diskutieren.

Gerade lasse ich mein Handy in die Tasche fallen, als es plötzlich klingelt. Erschrocken versuche ich, es zwischen den Büchern und dem anderen Gerümpel herauszuangeln, und ärgere mich maßlos über die lautstarke Störung. Müssen die Mädels gerade jetzt anrufen? Warum habe ich mein Telefon nicht ausgeschaltet?

Doch die Nummer auf dem Display gehört weder Fee noch Ronja oder einem anderen aus meinem Adressbuch. Selbst die Vorwahl ist mir nicht bekannt. Wer ruft denn um diese Uhrzeit noch an?

Einige Sekunden verstreichen, bis ich mich doch entschließe, das Gespräch entgegenzunehmen. Es kam schon einmal vor, dass mich Kunden kurzfristig aus dem Urlaub angerufen haben, um dringende Angelegenheiten zu klären – ungeachtet der Zeitverschiebung.

»Hallo?«, melde ich mich schließlich.

»Frau Baumeister?«, fragt eine männliche Stimme, die mir vollkommen unbekannt ist.

»Wer möchte das wissen?«

»Mein Name ist Frederik Lobenstein. Ich bin Stylist im Team von Ric Walker.«

»Ähm ... ja, und?«

»Es gab einen Zwischenfall am Set.«

»Oh, das tut mir leid. Was bedeutet das?«

»Ric wurde von einer Schlange gebissen.«

Oh nein, das könnte bedeuten, dass er für die Party ausfällt. Wie ärgerlich! Woher soll ich so schnell einen Ersatz für den Fotografen nehmen?

»Ich hoffe, er erholt sich schnell. Ist es denn schlimm?«

»Es geht ihm den Umständen entsprechend ganz gut. Machen Sie sich keine Sorgen, Frau Baumeister.«

Sicherlich ist es nicht schön, von einer Schlange gebissen zu werden, aber ich kenne den Mann doch gar nicht. Warum sollte ich mir also Sorgen machen?

»Es war eine Grüne Mamba. Die Tiere sind extrem giftig. Aber zum Glück konnten wir schnell handeln und das Gegengift injizieren.«

»Um Gottes Willen, das hört sich ja dramatisch an.«

»Er wird schon wieder.«

Ob der Kerl alle Auftraggeber von diesem Herrn Walker anruft? So spät abends? Ich bin verwirrt. »Danke für die Info. Aber sagen Sie, woher haben Sie meine Nummer?«

»Sie steht als Notfallkontakt in seinem Mobiltelefon.«

»Was?«

»Ja, ganz oben in seinem Adressbuch unter ICE.«

»Was bedeutet denn ICE?«

»In Case of Emergency.«

Ich komme nicht mehr mit. Im Notfall soll ich verständigt werden? Warum? Da muss dieser Ric das falsch eingespeichert oder der Kerl am Telefon sich verguckt haben.

»Tut mir leid, Herr Lobenstein. Ich verstehe das nicht. Ich kenne Herrn Walker nicht. Ich wollte mich diesen Freitag wegen eines Auftrages mit ihm treffen, habe ihn aber noch nie in meinem Leben gesehen. Warum, zum Teufel, steht mein Name ganz oben in seinem Handy? Sind Sie sich sicher?«

»Das kann ich Ihnen auch nicht beantworten. Und ja, ich bin mir sicher. Hier steht eine Raute, ICE und Nic dahinter. In den Notizen dann Ihr voller Name, dazu die Telefonnummer, die ich gerade gewählt habe.«

Nic? Im Telefonbuch dieses Fotografen steht mein Spitzname. Das ist doch krank! Nur Patrick hat mich Nic genannt. Patrick, mein Exfreund ... Patrick ... Leufer.

Jetzt dämmert es mir. Patrick Leufer – Ric Walker!

Der Kerl nutzt eine englische Abwandlung seines Namens!

»Wo befindet er sich? Ich meine, in welchem Land?«, frage ich nach, um sicherzugehen, dass es sich wirklich um Patrick handelt.

»Wir sind in Ghana.«

Eindeutig, es ist Patrick. Mein Patrick wurde von einer Schlange gebissen! Von einer Mamba! Sind das nicht diese hochgiftigen Viecher, deren Bisse oft tödlich enden? Oh mein Gott!

»Frau Baumeister? Sind Sie noch dran?«

»Ähm ... ja, natürlich. Was passiert jetzt mit ihm? Wie geht es Patrick?«

»Ric? Sie kennen ihn also doch?«

»Ja, nur unter einem anderen Namen.«

»Dann bin ich beruhigt. Wie ich sagte, es geht ihm den Umständen entsprechend ganz gut. Er hat das Gegengift bekommen. Ein Arzt, der das Team begleitet, war auf alles vorbereitet. Ric ist jetzt im Krankenhaus und wird auf eigenen Wunsch heute Nacht nach Deutschland geflogen. Eigentlich hätte er hier noch ein paar Tage auf Station bleiben müssen.«

»Wohin fliegt er genau?«

»Wir lassen ihn nach Stuttgart bringen. Er muss sich weiterhin in stationäre Behandlung begeben. Er bestand darauf, dass er nach Gottstreu verlegt wird. Das ist irgendein Kaff in Süddeutschland.«

»Ich weiß, wo das ist.«

»Sehr gut. Er wird vom Flughafen direkt ins Krankenhaus gebracht. Dann werden Sie sich dort um ihn kümmern? «

»Selbstverständlich.«

Ich verabschiede mich dankend von Frederik und lasse langsam meine Hand mit dem Telefon sinken.

Patrick geht es gut, sage ich mir immer wieder. Er hat es überlebt. Morgen früh ist er wieder zuhause!

Wie in Trance verlasse ich die Scheune, schließe das große Holztor und stehle mich vom Hof der Pension.

Kapitel 14

»Ich möchte zu Herrn Leufer, Patrick Leufer«, informiere ich die Dame an der Information im Gottstreuer Krankenhaus. Sicher läuft seine Krankenversicherung auf seinen bürgerlichen Namen.

Sie tippt auf ihrer Tastatur herum und sieht mich dann mitfühlend an. »Herr Leufer liegt auf der Intensivstation. Sind Sie eine Angehörige?«

Was ist, wenn ich jetzt Nein sage? Lassen die mich nicht zu ihm?

»Ich bin seine Verlobte«, höre ich mich sagen, bevor ich weiter nachdenken kann. Das ging mir erstaunlich leicht über die Lippen.

»Verstehe. Nehmen Sie dort vorne links den Fahrstuhl in den dritten Stock und folgen Sie den Hinweisschildern. Sie müssen dann an der Tür klingeln.«

Ich tue, was die nette Frau mir gesagt hat, und warte brav vor dem Eingang, bis eine Schwester mir öffnet.

»Ich möchte zu Patrick Leufer«, wiederhole ich.

»Meine Kollegin hat Sie bereits angekündigt. Bitte folgen Sie mir.«

Flink tipple ich hinter der Frau her, bis wir an eine große Schiebetür gelangen.

»Er ist ansprechbar und in stabilem Zustand. Dennoch braucht er noch etwas Ruhe. Ich hole Sie in einer Stunde wieder ab«, sagt sie freundlich und drückt den Türöffner.

»Okay, danke schön.«

Zögerlich betrete ich das Krankenzimmer, in dem sich ein Bett befindet nebst vielen Apparaten, die Patricks Vitalfunktionen kontrollieren. Er hat die Augen geschlossen, öffnet sie jedoch sofort, als ich mich räuspere.

»Nic, du bist hier«, flüstert er lächelnd.

Ich ziehe mir einen der Stühle an sein Bett, setze mich zu ihm und nehme seine Hand in meine.

»Natürlich bin ich hier«, erwidere ich sanft und verziehe dann den Mund. »Du hast mir ja keine Wahl gelassen, wenn du mich als Notfallkontakt in deinem Handy speicherst.«

Er muss lachen, doch er verstummt sofort wieder, da es ihn sicher anstrengt. »Entschuldige, ich habe das einfach nie geändert. Mir wäre auch niemand anderes eingefallen.«

»Ich habe mich schon gewundert, warum ich der Notfallkontakt eines Ric Walker sein soll.«

»Oh, daran hatte ich nicht gedacht.«

»Ist das dein Undercover-Name?«

»Hör auf, mich zum Lachen zu bringen.«

»Sorry, war keine Absicht.«

»Ich nutze den Namen seit ein paar Jahren, weil er im internationalen Geschäft besser klingt als mein deutscher Name.«

»Schon klar.«

»Gefällt er dir nicht?«

»Er klingt bescheuert«, frotzle ich und lächle ihn an. »Aber es ist ja auch egal, was ich dazu sage.«

Patrick zuckt nur mit den Schultern, und ich werde das Gefühl nicht los, dass er eben doch noch Wert auf meine Meinung legt. Deshalb schiebe ich schnell ein »Er ist okay« hinterher.

»Schön, dass du da bist«, sagt er noch einmal und drückt meine Hand.

»Wie konnte das überhaupt passieren?«, weiche ich aus. Unauffällig ziehe ich meine Hand zurück und krame in meiner Handtasche herum.

»Wir haben im Regenwald geshootet und da kam ich der kleinen grünen Lady wohl zu nahe.«

»Es war wirklich eine Grüne Mamba? Ich habe gelesen, sie ist eine der giftigsten Schlangen Afrikas.«

»Und verdammt schnell. Ich hab es kaum registriert. Sie ist vom Baum gefallen, hat mich gebissen und weg war sie.«

»Die können sehr aggressiv sein, wenn sie sich bedroht fühlen. Was hast du denn gemacht?«

»Nichts. Ich war einfach nur da. Wahrscheinlich hat sie das gestört.«

»Wo hat sie dich erwischt?«

Er hebt seinen linken Arm, in dem eine Kanüle steckt. »Hier an der Hand. Man sieht die Bissspuren noch.«

Tatsächlich kann ich zwei kleine, völlig harmlos aussehende Einstiche erkennen.

»Ich hatte Glück. Im Gesicht oder Nacken wäre es schlimmer gewesen.«

»Als Glück würde ich diese Begegnung nun nicht bezeichnen.«

»Hätte aber anders enden können.«

»Ja. Tödlich, um genau zu sein«, bestätige ich vorwurfsvoll. »Diese Viecher können bis zu einhundert Milligramm ihres Giftes mit einem einzigen Biss injizieren. Die tödliche Dosis für den Menschen beträgt aber gerade mal zehn bis zwanzig Milligramm.«

»Gut recherchiert. Du tust ja gerade so, als hätte ich das Tier aufgefordert, mich zu beißen.«

»Man sollte eben vorsichtig in diesen Gegenden sein. Im Regenwald gibt es einige der giftigsten Schlangen der Welt.«

»Du kennst dich ja schon bestens aus«, meint er und grinst mich an.

»Doktor Google weiß alles.«

Er verengt die Augen.

»Was denn? Ich war neugierig, was mich hier erwartet.«

»Hast du gedacht, ich bin jetzt ein Pflegefall?«

»Wer weiß. Aber selbst wenn ich dein Notfallkontakt bin, kannst du es dir abschminken, dass ich dich ab sofort wasche und füttere.«

»Gar keine so unschöne Vorstellung. Aber keine Sorge, Spätfolgen sind nicht zu erwarten.«

»Wirklich? Du wirst wieder ganz gesund?« Das wollte ich nur hören.

»Ja, die möchten mich noch ein paar Tage zur Beobachtung hierbehalten. Ein Mitarbeiter am Set hat die Schlange zum Glück gesehen und konnte sie dem Arzt beschreiben. Der hat sofort reagiert, mich ruhiggestellt und das Antiserum verabreicht, damit sich das Gift nicht im Körper ausbreitet. Da ich keine allergischen Reaktionen gezeigt habe, sieht alles recht gut aus. Ich muss mich hier in Deutschland nur regelmäßig durchchecken lassen.

Kann noch ein paar Wochen oder Monate dauern, bis ich beschwerdefrei bin.«

Ich boxe ihm an den rechten Oberarm.

»Au! Warum?«, fragt er gespielt entrüstet, denn ich habe ihm sicher nicht weh getan.

Dennoch hat er es verdient.

»Ich habe dir gesagt, Ghana ist ein gefährliches Land. Aber du musstest ja unbedingt diesen Job annehmen.«

»Es gibt nicht mehr viele Flecken auf der Erde, die ich noch nicht gesehen habe. Ghana gehörte eben dazu.«

»Und nun bist du doch in der Horizontalen nach Deutschland zurückgekehrt.«

»Okay, ganz aufrecht war es nicht, aber es funktioniert ja noch alles.«

Ich nicke erleichtert und greife nun doch wieder nach seiner Hand. Einen Moment sehen wir uns in die Augen und hängen unseren Gedanken nach.

Zweifellos habe ich mir große Sorgen um Patrick gemacht, als ich von dem Unfall erfahren habe. Die ganze Nacht habe ich in meinen Laptop gestarrt, um herauszufinden, was nach so einem Biss alles passieren kann. Offenbar hat der begleitende Arzt schnell und richtig gehandelt, denn Patrick wirkt tatsächlich verhältnismäßig fit.

Im Augenwinkel sehe ich, wie er seinen anderen Arm hebt. Langsam umfasst Patrick mit der Hand meinen Kopf und zieht ihn zu sich.

Ich lasse es zu, denn mein Herz klopft seit einigen Momenten wie wild in meiner Brust. Plötzlich ist mir ganz warm.

Ist es das, was ich will? Will ich Patrick zurück? Soll ich ihn küssen und damit unsere Beziehung von damals wiederaufleben lassen?

Ich öffne die Lippen, ganz nah an seinen.

Aber vielleicht ist er in seinem Zustand einfach nur sentimental und braucht ein wenig Zuneigung. Vielleicht bin ich im Moment einfach nur die nächstgelegene Wahl, und schon in ein paar Tagen tröstet sich Patrick mit einem seiner halbnackten Models.

Bevor ich weiter das Für und Wider eines Kusses abwägen kann, klopft es an der Tür, und ich schrecke hoch.

Sichtlich enttäuscht lässt Patrick den Arm wieder fallen.

Die Tür öffnet sich und Johann steckt seinen Kopf herein.

»Das ist ja eine Überraschung«, begrüßt Patrick ihn wenig erfreut und sieht mich fragend an. »Komm rein.«

»Ich musste ihm doch Bescheid geben«, flüstere ich.

»Ein denkbar schlechter Augenblick«, murmelt er.

Ich sehe beschämt zu Boden.

»Hallo, mein Sohn. Guten Morgen, Nicole«, begrüßt uns Johann.

Einerseits bin ich froh, dass der Pfarrer dazwischengefunkt hat, andererseits sehne ich mich nach Patricks Lippen. Natürlich kann er gut küssen. Natürlich habe ich ihn geliebt. Und das Ziehen in meiner Magengegend verrät meine Eifersucht, die ich mir selbst nicht eingestehen will, sobald ich an diese Weiber denke, die tagtäglich um meinen Freund herumscharwenzeln.

Exfreund! Natürlich!

»Dann lasse ich euch mal allein«, sage ich kleinlaut und befreie mich aus Patricks Hand, die noch immer meine umschließt. »Ich habe ohnehin noch etwas vor.«

»Nic?«, hält er mich auf. »Könntest du vielleicht meinen Wagen vom Flughafen abholen? Er steht sonst unnötig dort herum.«

»Klar, mache ich.«

»Lass dir die Schlüssel von der Schwester geben. Ein paar Dinge habe ich direkt mit ins Krankenhaus gebracht.«

»Was ist mit dem Rest deiner Ausrüstung?«

»Ich habe mir erlaubt, deine Adresse hier in Himmelreich anzugeben. Frederik hat den Kram schon von München aus losgeschickt.«

»Kein Problem. Ich nehme es entgegen.«

»Du bist ein Schatz«, sagt er. Im selben Augenblick beißt er sich auf die Lippen, und ich muss schmunzeln.

»Ähm ... ja, dann bis später«, verabschiede ich mich nun in aller Eile und stürme aus dem Krankenzimmer.

Draußen atme ich tief durch und versuche, meine Gedanken zu ordnen.

Eine erneute Beziehung mit Patrick kommt für mich nicht infrage. Zu viel hat mir damals missfallen. Sein Job und sein Wagen standen für ihn an erster Stelle. Und jetzt muss ich das blöde Auto auch noch vom Flughafen holen. Noch nie saß ich in dem Ding hinterm Steuer.

Ob ich es vielleicht aus Versehen anecken soll?

Nee, doch besser nicht. Dann ist Patrick stinksauer auf mich.

Auch wenn es mir egal sein könnte, gefällt mir der Gedanke, dass er noch immer Interesse an mir hat. Auf welche Weise auch immer. Immerhin bin ich sein Notfallkontakt. Das kann keine seiner Modeltussis von sich behaupten.

Kapitel 15

Wieder in Himmelreich angekommen, parke ich meinen Wagen vor Gertruds Haus. Die Luft am frühen Vormittag ist noch frisch und tut nach den letzten warmen Sommertagen richtig gut. Deshalb schwinge ich mich auf Gertruds Fahrrad und radle in Richtung der Pension, bei der ich mich mit den Mädels treffen möchte. Es dauert nicht lange, bis ich auch Ronja und Fee auf meinem Weg treffe.

»Guten Morgen«, begrüßt mich Ronja fröhlich. »Wohin des Weges?« Sie zwinkert mir zu.

»Hallo, ihr zwei«, antworte ich. »Sorry, dass es etwas später geworden ist. Mir ist etwas dazwischengekommen.«

»Mach's nicht so spannend!«, meint Fee.

»Moment, wir sind ja gleich da. Geduld ist wirklich nicht deine Stärke.«

Als wir an der alten Eiche ankommen, steigen wir ab und lehnen unsere Räder dagegen.

»Kannst du uns jetzt bitte verraten, warum wir hier rausgefahren sind? Wir hätten uns genauso gut irgendwo im Dorf treffen können«, meckert Fee, die wohl nicht zu den Morgenmenschen gehört.

Wortlos hole ich mein Handy hervor, öffne die Galerie und präsentiere die Beweisfotos von letzter Nacht.

Im ersten Moment starren meine Freundinnen nur auf das Bild, als ob sie nicht wüssten, was darauf zu sehen ist.

»Ist es das, was ich denke, was es ist?«, fragt Ronja.

»Keine Ahnung. Was denkst du denn?«

»Die verschwundenen Wirbelknochen unseres Dinosauriers?«

»Also ich bin kein Paläontologe, aber diese Vermutung hatte ich ebenso.«

»Und wo hast du sie gefunden?«, möchte Fee wissen.

Ich deute hinter mich in Richtung der Pension. »Hinter dem Haupthaus gibt es ein paar Scheunen. In einer davon habe ich gestern Abend die Knochen entdeckt.«

»Ist nicht wahr! Und wer hat sie dahin gebracht?«, löchert mich Fee weiter.

»Ich vermute, dass es Axthelm war.«

Sie sehen mich erstaunt an.

»Der alte Kauz? Bist du sicher?«

»Hundertprozentig nicht. Immerhin leben hier außer ihm noch andere Personen, aber ich bin auf ein paar Ungereimtheiten in seinen Aussagen gestoßen.«

Kurz und knapp schildere ich, was mir aufgefallen ist. Die Mädels stimmen mir zu.

»Wirklich sehr verdächtig.«

»Und was machen wir jetzt?«, fragt Fee.

»Das wollte ich eben nicht allein entscheiden«, entgegne ich. »Axthelm wirkt auf mich nicht wie ein eiskalter Krimineller. Deshalb wollte ich ihn nicht einfach so ans Messer liefern.«

»Wir fragen ihn einfach, was er dazu sagt«, schlägt Fee vor. »Vielleicht hat er eine gute Erklärung.«

»Eine gute Erklärung für einen Diebstahl? Es geht hier nicht um eine Packung Erdbeerdrops, sondern um wertvolles wissenschaftliches Material«, gibt Ronja zu bedenken.

»Er wird sich der Tragweite seines Handels sicher gar nicht bewusst sein«, werfe ich ein. »Der Mann ist einhundertfünfzig Jahre alt. Mir ist sowieso schleierhaft, wie er das Zeug hierherbringen konnte, und warum er es verhökern will.«

»Es ist und bleibt eine Straftat!«, entscheidet Ronja und greift nach ihrem Telefon. »Wenn schon nicht die Polizei, sollten wir wenigstens Tjark verständigen.«

»Das machen wir auch«, beruhige ich sie und lege meine Hand auf ihre. »Aber ich würde dennoch gern zuerst Axthelms Version der Geschichte hören.«

»Das ist doch Blödsinn! Er wird lügen, wie schon die ganze Zeit.«

Es ist offensichtlich, dass Ronja ihren Freund unterstützen möchte, aber ich kann nicht zulassen, dass ein im Grunde harmloser alter Himmelreicher ohne Erklärungsversuche an den Pranger gestellt wird. Möglich, dass ich allein so denke, weil ich als Einzige von uns dreien in Himmelreich aufgewachsen bin, aber wie es aussieht, habe ich zumindest Fee schon einmal auf meiner Seite.

»Ronja, die Knochen gehen dahin zurück, wo sie hingehören«, besänftige ich sie weiter, »und der Dieb wird seine Strafe bekommen, aber wir sollten einfach keine voreiligen Schlüsse ziehen.«

»Ich bin ganz Nicoles Meinung«, schaltet sich Fee wieder ein. »Lass uns erst mal hören, welche Erklärung er hat, hm?«

Ronja steht mit verschränkten Armen vor uns und zieht eine Schnute. »Also gut«, gibt sie schließlich nach und hebt die Arme. »Dann lasst uns herausfinden, was der alte Sack mit den Fossilien vorhatte.«

Hoppla, sie scheint echt angepisst zu sein. So habe ich sie ja noch nie reden hören.

Dennoch sind wir uns einig und machen uns auf den Weg zum Haupthaus. Vor der Tür angekommen, sehen wir uns unschlüssig an.

»Was nun?«, fragt Ronja leicht genervt.

»Weiß nicht. Klingeln?«, schlägt Fee vor.

»Oder wir warten, bis er mit seinem Hund Gassi geht«, meine ich.

»Ich würde ja gern erst mal die Knochen sehen. Nicht, dass der Kerl sie in einer Nacht- und Nebelaktion wieder hat verschwinden lassen.« Ronja sieht uns fragend an.

Wir zucken mit den Schultern. Obwohl es auf dem Hof sehr ruhig ist, könnte uns bereits jemand gesehen haben.

»Wenn wir erwischt werden, behaupten wir, Maike hat uns darum gebeten, die Scheune zu entrümpeln«, sagt Fee.

»Und wenn Maike uns erwischt?«, gibt Ronja zu bedenken.

»Dann weihen wir sie ein. Sie möchte sicher auch nicht, dass geklaute Fossilien auf ihrem Grundstück versteckt werden.«

»Könnte funktionieren.«

Gemeinsam gehen wir nun vorsichtig um das Haupthaus herum, öffnen die Scheune und klettern in den Anhänger. Unter dem Laken kommen die versteinerten Knochen zum Vorschein, und wie ich gestern Abend, sehen meine Freundinnen fassungslos auf das Diebesgut.

»Das sind doch die Knochen, oder?«, vergewissere ich mich an Ronja gewandt.

»Eindeutig«, bestätigt sie und macht ein Foto mit ihrem Handy. »Wir sollten den kompletten Fundort fotografieren.«

Sie hüpft vom Anhänger, schießt Bilder davon vom Boden und vom Traktor aus, fotografiert die Scheune und das Tor ... bis schließlich Axthelm hinter ihr auftaucht.

Wir halten den Atem an und deuten hinter sie.

»Was zum Kuckuck geht hier vor!«, wettert er.

Ronja fährt herum. »Wir überführen Sie gerade des Diebstahls an den Fossilien.«

»Das ist doch ... das ist doch ... eine Unverschämtheit, Einbruch ist das! Ich werde euch alle anzeigen!« Er fuchtelt mit seinem Stock in der Luft herum.

»Rufen Sie doch die Polizei. Dann wird sie auch die gestohlenen Knochen finden«, erwidert Ronja eiskalt.

»Die gehören mir nicht!«

»Da haben Sie so was von recht!«

»Ich weiß nicht, wie die da reinkommen.«

»Sie wissen, wovon ich spreche? Sehr gut. Sie haben sich gerade verraten. Also erzählen Sie keinen Scheiß!«

»Ronja!«, halte ich sie zurück und klettere mit den anderen vom Anhänger. »Lass uns jetzt erst mal Ruhe bewahren.«

»Er droht doch mit der Polizei!«

»Herr Axthelm«, wende ich mich an ihn. »Die Knochen liegen in Ihrer Scheune.«

»Das ist nicht meine Scheune. Nicht mehr.«

»Sie haben mehrfach gelogen. Ihr Bruder ist kein Archäologe. Er ist nicht mal ein Mann. Sie haben nur eine Schwester.«

»Wer hat dir das gesagt?«, grummelt er.

»Frau Schreiber aus der Buchhandlung. Die, die Ihnen ein Buch über Archäologie bestellt hat. Außerdem hat meine Tante Gertrud erzählt, dass Sie dringend etwas bei ebay verkaufen wollen. Was könnte das wohl sein?«

»Elende Waschweiber!«

»Noch dazu schnüffeln Sie ständig auf der Baustelle herum. Und Sie sind vor den Ausgrabungen täglich dort spazieren gegangen. Das haben Sie verschwiegen.«

»Das sind alles keine Beweise!«

»Wir können ja fragen, was die Polizei dazu sagt«, provoziere nun auch ich ihn und ziehe mein Handy aus der Hosentasche.

»Nein! Bitte rufen Sie nicht die Polizei.« Seine Stimme wechselt von nörgelnd, wie man es nicht anders kennt, zu kläglich.

Nanu? Was ist denn jetzt los?

»Bitte. Ich kann das erklären.«

»Da sind wir gespannt!«, meldet sich Ronja wieder zu Wort und hält ihr Handy mit der Kamera demonstrativ auf Axthelm.

Ich hatte gar nicht bemerkt, dass sie bereits die ganze Zeit gefilmt hat. Oje, ob sie weiß, dass das verboten ist? Axthelm scheint keine Ahnung zu haben, denn er macht keine Anstalten, Ronja daran zu hindern. Also halte ich lieber meine Klappe.

Axthelm hebt kurz den Finger und deutet auf eine alte Holzbank. Er humpelt hinüber und lässt sich mit einem tiefen Seufzer nieder. Wir folgen ihm.

»Das Ganze war nicht meine Idee.«

Zweifelnd sehen wir erst uns, dann wieder den alten Mann vor uns an.

»Ein Mitarbeiter von der Baufirma war eines späten Abends gerade dabei, die Knochen auf die Ladefläche seines Wagens zu hieven, als ich mit Herrn Schmidt an der Baustelle entlanglief. Das war in der Nacht vor der Pressekonferenz.«

»... zu der die Knochen schon wieder verschwunden waren«, erinnert sich Fee.

»Ich habe ihn gefragt, was er da macht. Er sagte, dass er die Knochen in Sicherheit bringen würde. Ich wusste aber von der Pressekonferenz, auf der der Fund enthüllt werden sollte. Da hat er mir ein Geschäft vorgeschlagen.«

»Ein Geschäft?«, hakt Ronja skeptisch nach. »Sie meinen, Sie wollten beim Verkauf halbe-halbe machen.«

»So in etwa.«

»Sie waren also nur aufs Geld aus?«

Axthelm sackt immer mehr in sich zusammen. Sein Gesicht wirkt traurig. »Nicht für mich. Es ist für meine Schwester.«

»Warum das denn jetzt wieder?«

»Sie ist schwerkrank. Wir haben erfahren, dass es in den USA es eine Behandlungsmethode mit einem Medikament gibt, das in Deutschland noch nicht zugelassen ist.«

»Und das soll Ihre Schwester nehmen?«

»Es ist dort erprobt, zeigt auch Wirkung. Aber die Genehmigung für den deutschen Markt ist noch nicht erteilt. Das kann noch Jahre dauern. Deshalb wird es auch von keiner Kasse übernommen.«

»Sie wollten mit dem Geld das Medikament besorgen«, schlussfolgert Fee richtig.

Axthelm zuckt mit den Schultern, sieht zu Boden.

»Ich hatte schon lange nach Möglichkeiten gesucht, wie ich meiner Schwester Geld besorgen könnte.«

»Da kam das Geschäft gerade recht«, sagt Ronja sanft. Auch sie sieht Axthelm nun mitleidig an.

»Was soll ich sagen? Ich wusste mir nicht mehr anders zu helfen.«

»Jetzt verstehe ich auch die Aussage von Frau Schreiber, dass Ihre Schwester andere Sorgen hat«, erinnere ich mich.

Wir stehen bedröppelt vor Axthelm, der wie ein Häufchen Elend auf der Bank hockt. Noch nie habe ich ihn so kleinlaut und verletzlich erlebt.

»Und was machen wir nun?«, fragt Fee nach einer Weile. »Wir sind uns wohl einig, dass wir Herrn Axthelm unter diesen Umständen nicht ans Messer liefern können.«

Der Alte blickt uns mit großen Augen an. Ich meine sogar, dass sie feucht schimmern. Nur einen winzigen Augenblick hatte ich mich gefragt, ob er uns vielleicht einen Bären aufbindet, aber nun bin ich überzeugt, dass er die Wahrheit sagt.

»Der Diebstahl ist ja auch nicht auf seinem Mist gewachsen«, pflichte ich Fee bei.

Auch Ronja wirkt nicht so, als ob sie ihn noch immer verpetzen möchte.

»Wir müssen also diesen Bauarbeiter drankriegen!«, entscheidet sie.

»Dafür brauchen wir Beweise!«, bemerkt Fee. »Wie sollen wir die beschaffen?«

»Wann hatten Sie denn zuletzt Kontakt mit dem Mitarbeiter der Baufirma?«, frage ich Axthelm. »Wie sind Sie denn verblieben? Es war doch sicher nicht seine Idee, das Zeug bei ebay zu verkaufen, oder? Ich meine, wer kauft denn so etwas?«

»Und vor allem würde es doch dort auffallen neben abgetragener Kinderkleidung und nicht benutzten Küchenmaschinen«, wirft Fee ein.

»Der Mann hat was von einem schwarzen Markt gesagt«, erwidert Axthelm.

»Sie meinen Schwarzmarkt«, berichtige ich.

»Was weiß ich. Er sagte, ich solle das Zeug sicher verstecken und er kümmert sich um den Verkauf auf dem schwarzen Markt. Allerdings bin ich skeptisch geworden, dass ich dann tatsächlich meinen Anteil erhalte, und habe selbst geforscht, wie ich es loswerden könnte.«

»Und da sind Sie auf ebay gekommen«, stellt Ronja trocken fest und verzieht den Mund.

»Ja, da kann man sogar Boote verkaufen.«

»Wenn sie nicht gerade gestohlen sind. Mit Hehlerware sollte man etwas vorsichtiger sein«, rät sie mit einem Hauch von Ironie in der Stimme.

»Vielleicht haben Sie recht. Ich sollte die Knochen da wirklich nicht anbieten.«

»Sie sollten die Knochen überhaupt nirgends anbieten!«, empört sie sich. »Vergessen Sie das! So schlimm die Situation für Ihre Schwester auch ist, das ist keine Option!«

»Wir finden dafür sicher eine Lösung«, rede ich sanft auf den alten Mann ein. »Aber jetzt müssen wir zunächst Ihren Kopf aus der Schlinge ziehen.«

»Das heißt, Sie wollen mir helfen?«

Wir nicken entschieden.

***

Nachdem ich die Mädels im Dorf verabschiedet habe, bitte ich meinen Vater, mit mir nach Stuttgart zum Flughafen zu fahren, um Patricks Auto zu holen.

»Welchen Wagen möchtest du zurückfahren?«, will ich wissen und starte meinen Porsche.

»Da fragst du noch?«

»Den Defender?«

»Ganz sicher nicht.«

»Papa, mein Auto ist pink, falls dir das entgangen ist.«

»Schätzchen, auch wenn ich deine Vorliebe für diese Farbe nicht teile, akzeptiere ich deinen Geschmack. Ich füge mich in mein grausames Schicksal, einen Porsche 911 Carrera S mit 420 PS und einer Beschleunigung von vierkommadrei Sekunden von Null auf Hundert auf einer Autobahn ohne Geschwindigkeitsbegrenzung sicher von Stuttgart nach Himmelreich zu bringen.«

Argwöhnisch sehe ich meinen Vater von der Seite an, wie er diebisch grinst und sich die Hände reibt.

»Du fährst nachher hinter mir!«, entscheide ich.

»Och, komm schon. Wann habe ich nochmal die Gelegenheit? Ansonsten darf ich den Wagen ja nicht fahren.«

»Richtig. Das ist nur eine Ausnahme.«

»Was du nicht alles für Patrick tust«, stellt mein Vater fest und zwinkert mir zu. »Wie geht es ihm denn?«

»Ganz gut, denke ich.«

»Wann darf er das Krankenhaus verlassen?«

»In ein paar Tagen. Er wird zunächst bei Johann bleiben, bis die Hochzeit vorüber ist. Er soll sich noch erholen. Danach darf er zurück nach Freiburg.«

»Wirst du ab und an nach ihm schauen, ob alles in Ordnung ist?«

»Warum sollte ich?«

»Weil er ein Mann ist und behaupten wird, es ginge ihm gut. Selbst wenn es nicht so ist. Sein Vater und viele hier in Himmelreich wären beruhigter, wenn du auf ihn aufpasst.«

»Ich denke nicht, dass das meine Aufgabe ist.«

»Deine Mutter und ich würden uns freuen, wenn ihr wieder zusammenkommt.«

»Und ich würde mich freuen, wenn ihr euch nicht scheiden lasst«, kontere ich und blicke stur auf die Straße. »Habt ihr es euch nochmal überlegt?«

»Nicky, den Entschluss zur Scheidung haben wir schon vor langer Zeit getroffen. Daran hat sich nichts geändert. Ich dachte, du stehst hinter uns.«

»Tue ich ja. Aber ganz im Vertrauen, willst du das wirklich?« Ich sehe ihn eindringlich an und konzentriere mich dann wieder auf den Verkehr.

»Nun ja, natürlich ist es schade, dass es nicht funktioniert hat. Wir haben uns diese Entscheidung wahrlich nicht leichtgemacht. Aber wir haben viele glückliche Jahre miteinander verbracht und wollen das auch in Zukunft tun – nur eben als Freunde.«

»Pfff«, mache ich abfällig und bereue meinen mangelnden Respekt sofort.

»Schätzchen, ich weiß, dass das auch für dich nicht einfach ist. Ich verstehe sehr gut, wenn du nichts davon hältst.«

»Ich bin erwachsen, ich komme schon damit klar«, wiegle ich mit unterkühlter Stimme ab, doch ist mir eher zum Heulen zumute.

Ich muss mich wirklich ins Zeug legen, wenn ich meine Eltern bei der Party wieder vereinen möchte.

Mein Vater streicht mir versöhnlich über die Wange und schlägt dann einen fröhlicheren Ton an: »Ist denn alles vorbereitet für die Scheidungshochzeit?«

»Soll das witzig sein?«, maule ich. »Aber ja, es ist soweit alles fertig. Ich hoffe nur, dass sich der Fotograf schnell von seinem Schlangenbiss erholt.«

»Das wird schon.«

»Und Johann und Gertrud sind sich wirklich sicher, dass sie nicht wieder alles abblasen wollen?«, frage ich.

»Ja, sie wollen heiraten. Die Fabrik und der Dinosaurier werden nicht mehr zwischen ihnen stehen, haben sie sich geschworen. Was auch immer damit passiert.«

Nur noch ein paar Tage, dann ist es soweit. Ich hoffe, dass bis dahin nun alles glatt läuft und nicht wieder etwas dazwischenkommt. Sonst bekomme ich noch einen Herzinfarkt und hänge vielleicht meinen Beruf an den Nagel.

Kapitel 16

Nach einer wohltuenden Dusche am Morgen schlüpfe ich in frische Sachen und frisiere meine blonden, langen Haare. Ich stecke sie zu einem wuscheligen Dutt nach oben, lege ein wenig Makeup, Rouge und Lidschatten auf, tusche die Wimpern und schmiere reichlich Lipgloss auf meine Lippen.

Während ich noch in den Nebelwolken aus Parfum umhertauche, frage ich mich, warum ich mich eigentlich so schick mache. Ich will nur Patrick im Krankenhaus besuchen.

Herrgott, Nicole! Er ist dein Exfreund, mit dem du eigentlich keine Beziehung mehr möchtest, kein potentielles Opfer deiner Familienpläne.

Oh Mann, bin ich verzweifelt.

Schnell tupfe ich den Lipgloss von den Lippen und rubble das Rouge wieder weg, was jedoch zur Folge hat, dass meine Wangen nun natürlich gerötet sind. Na ja, dann soll es so sein.

Mit Patricks Defender, den ich gestern heil aus Stuttgart abgeholt habe, fahre ich nach Gottstreu und parke ihn wie selbstverständlich in einer kleinen Lücke in einer Nebenstraße zum Krankenhaus ein – als ob ich nie ein anders Auto gefahren hätte.

Auch wenn sich diese Karre echt bescheiden fährt, genieße ich doch jeden Augenblick hinterm Steuer. Jahrelang habe ich auf dem Beifahrersitz über den mangelnden Komfort genörgelt und vor allem die Heizungssteuerung verteufelt, die exakt zwei Stufen kennt: heiß und kalt.

Doch heute streiche ich lächelnd über das blitzblanke Blech der Fahrertür. Dann schließe ich den Wagen ab.

Mit klopfendem Herzen nehme ich den Fahrstuhl zur Intensivstation, klingle und folge der Schwester zu Patricks Zimmer.

Sie klopft und drückt den Türöffner. »Herr Leufer? Ihre Verlobte ist da.«

Oh! Mein! Gott!

Am liebsten würde ich kehrtmachen und in den offenen Fahrstuhlschacht hüpfen, doch Patrick hat mich bereits entdeckt und grinst mich unverhohlen an.

Nachdem die Krankenschwester verschwunden ist, begrüßt er mich: »Hallo, Sonnenschein. Hab ich gestern unter Medikamenteneinfluss etwas getan, von dem ich nichts mehr weiß?«

»Ich hatte an der Information behauptet, deine Verlobte zu sein, weil ich befürchtet habe, nicht zu dir zu dürfen.«

»Verstehe«, feixt er und mustert mich von oben bis unten. »Du siehst hübsch aus.«

Vielleicht habe ich doch ein wenig zu dick aufgetragen. Nur nicht rot werden, Nicole.

Aber auch er sieht frischer und kraftvoller aus als gestern. Die Haut wirkt nicht mehr so fahl und seine Augen glänzen wieder.

»Du leuchtest heute gar nicht so wie ein rosa Knallbonbon«, fährt er fort. »Die Shorts gefallen mir.«

Ich schwöre, das war keine Absicht!

Wieder trage ich die olivfarbene Hose und dazu die weiße ärmellose Bluse, die Patrick mir bei unserer ersten Begegnung hier in Himmelreich vor ein paar Tagen mit dem Biermixgetränk überschüttet hatte. Zum Glück ließ sich der Fleck gut herauswaschen.

Er deutet auf meine braunen Schnürschuhe. »Ich wusste gar nicht, dass du solche Treter besitzt.«

»Die habe ich mir vorhin in Monas Modescheune gekauft. Ich habe nicht länger Lust, mir meine teuren Schuhe im Dreck zu versauen.«

»Steht dir gut«, schmeichelt er mir noch einmal.

Ob er eine Reaktion erwartet? Was sollen diese Komplimente?

»Setz dich zu mir.«

»Ähm, ja, gleich. Ich habe dir noch ein paar Sachen mitgebracht.«

Neugierig richtet er sich auf und schielt auf meine braune Wildledertasche, aus der ich ein paar Kreuzworträtselhefte, sein Handy, eine Packung Schokomilchriegel und seinen Bartschneider ziehe.

»Du bist ein Schatz.« Er lächelt mich dankbar an.

»Ich dachte nur, du möchtest den Urwald in deinem Gesicht wieder in Form bringen.«

»So schlimm ist es doch noch gar nicht.«

Ich zucke mit den Schultern. »Und du magst doch

diese Riegel. Oder inzwischen nicht mehr? Ich kann sie auch wieder mitneh...«

»Lass sie hier. Ich esse sie gern. Wirklich lieb von dir.«

»Und ein bisschen Denksport schadet nie.« Ich halte die Magazine mit den Rätseln nach oben.

»Hast du Angst, dass das Schlangengift mir mein Gehirn zersetzt?«

»Vielleicht ein bisschen.«

»Keine Sorge, ich bin wieder fit.«

»Das freut mich wirklich sehr.«

»Morgen darf ich auf die Normalstation. Nur noch wenige Tage, dann bin ich draußen.«

»Hört sich gut an. Ach so, ich habe deinen Krempel bei Johann untergebracht. Es ist alles heilgeblieben.«

»Ich danke dir. Los, jetzt setz dich zu mir!«, fordert er mich auf und klopft neben sich auf das Bett.

Zögerlich rücke ich mir den Stuhl zurecht, doch er zieht mich auf die Matratze.

Wo haben wir gestern aufgehört?

Am liebsten würde ich genau dort weitermachen. Patricks fröhliche Art nimmt mich gefangen – wie damals, als ich ihn kennengelernt habe. Er war zu einem seiner seltenen Besuche in Himmelreich bei seinem Vater. Wir sind mit ein paar anderen aus dem Dorf zum See gefahren, haben uns stundenlang unterhalten, Wein getrunken, sind schwimmen gegangen. Da hat es gefunkt, und ab dann waren wir ein Paar. Mit sechs Jahren Altersunterschied haben wir einiges Kopfschütteln bei den Himmelreichern ausgelöst, vor allem, weil ich erst sechzehn war. Doch wir haben alle Bedenken zerschlagen und eine wundervolle Beziehung geführt. Nach dem Abitur bin ich sogar zu ihm nach Freiburg gezogen, habe angefangen zu studieren. Und dann hat sein Job alles ruiniert.

Oder war es meine Vorstellung von seinem Job?

Damals war ich mir absolut sicher, dass meine Eifersucht begründet war. Ich war jung und unerfahren, habe Patrick nicht vertraut. Aber ist das heute immer noch so?

»Was ist?«, fragt er in meine Gedanken hinein.

»Nichts«, hauche ich und verliere mich in seinen schönen Augen.

Dann tut er das, was ich mir seit gestern insgeheim wünsche. Er umschließt meinen Kopf mit beiden Händen und berührt meine Lippen ganz sanft mit seinen.

Gott, mir wird gleich schwindelig. Es tut so gut, seine Wärme zu spüren, seine Zunge, die sich langsam in meinen Mund schiebt. Ich koste jeden Augenblick aus und wische jegliche Zweifel beiseite.

Voller Sehnsucht nacheinander umschlingen und küssen wir uns, als ob wir uns niemals getrennt hätten.

Doch plötzlich klopft es wieder an der Tür, und blitzschnell hüpfe ich vom Bett.

Patrick gibt ein entnervtes »Ja!« von sich und starrt mit grimmigem Gesicht zur Tür.

Eine hochgewachsene Brünette mit sonnengebräunter Haut und strahlendweißem Lächeln betritt den Raum. Sie trägt einen Minirock, Bluse und Pumps und ist so perfekt geschminkt, dass ich neben ihr aussehe wie eine Achtjährige, die zum ersten Mal Muttis Schminkköfferchen entdeckt hat. Die langen glänzenden Harre fallen ihr in sanften Wellen über die Schultern.

Mein Blick bleibt an ihren endlos langen, ziemlich dünnen Beinen hängen, und ich bin mir sicher, dass sie

Model ist. Zweifelsohne eines von Patricks halbnackten Fotomodels.

»Patrick, Darling. Wer ist das?«, fragt sie mit einem gekünstelten Lächeln auf den Lippen.

Ich sehe zu Patrick, dessen Gesichtsausdruck ich nicht deuten kann.

Fühlt er sich ertappt? Beschämt? Verärgert?

»Das würde ich auch zu gerne wissen«, erwidere ich, weil sonst niemand etwas sagt.

»Das klingt jetzt blöd, aber es ist nicht das, was du denkst«, versucht er sich an einer Erklärung.

Er hat recht. Es klingt blöd.

»Patrick, darf ich jetzt erfahren, wer diese Person ist?«, mischt sich die Brünette ein. »Was kümmert es dich, was sie denkt?«

»Das geht dich gar nichts an, Jil«, zischt er sie an.

Mein Hals fühlt sich furchtbar eng an. Mit zittrigen Händen schließe ich meine Tasche und hänge sie mir über die Schulter.

»Nicole, willst du jetzt etwa gehen?«, fragt er mich erschrocken. »Tu das nicht. Bitte.«

»Ich will nicht stören«, krächze ich und verlasse eilig das Zimmer, bevor mir die Tränen über die Wangen laufen.

»Was sollte das denn jetzt, Jil?«, höre ich Patrick noch sagen, dann kann ich ihn nicht mehr verstehen.

Wie ist dieses Weibsstück überhaupt auf die Intensivstation gekommen? Ist sie etwa auch seine Verlobte – seine richtige? Wer, bitte, geht so aufgebrezelt einen Patienten besuchen? Sie wollte ihm gefallen, das ist doch eindeutig. Ob sie seine Freundin ist?

Johann hat gesagt, dass Patrick Single ist. Aber vielleicht weiß er auch nicht alles über seinen Sohn.

Warum küsst mich dieser Idiot? Was soll das?

Völlig aufgelöst erreiche ich den Defender und versetze ihm einen kräftigen Tritt an die Tür. Dann werfe ich meine Tasche auf den Beifahrersitz, starte den Wagen und fahre mit quietschenden Reifen los. Jeden Gang fahre ich so lange aus, bis der Motor ächzt, und schalte dann erst nach oben.

Auf der Straße nach Himmelreich trete ich so sehr aufs Gaspedal, dass ich kurz die läppische Höchstgeschwindigkeit von knapp hundertdreißig Stundenkilometer erreiche, bevor der Wagen aufgibt und langsamer wird. Weißer Rauch strömt plötzlich aus der Motorhaube.

»Shit!«, brülle ich die Windschutzscheibe an und steige aus.

Eigentlich habe ich dem Auto nie wirklich etwas antun wollen, aber nun stehe ich vor dem ramponierten Geländewagen meines Exfreundes und bekomme ein höllisch schlechtes Gewissen.

Was mache ich denn jetzt? Die Karre einfach stehen lassen? Das kann ich nicht machen. Obwohl. Soll der Blödmann doch zusehen, wie er das Ding hier wegbekommt.

Nein! Das geht nicht. Patrick bekommt sicher Ärger, wenn das Auto hier tagelang am Straßenrand steht.

Ach, und wenn schon.

Nein!

Kurzerhand wähle ich die Nummer der Autowerkstatt und beauftrage den Abtransport.

Nach nur einer halben Stunde fährt der dickbäuchige Kfz-Mechaniker vor und steigt mit amüsiertem Blick aus.

Zum Glück sind meine Tränen inzwischen getrocknet.

»Hallo Heiko«, begrüße ich ihn zähneknirschend. Irgendein blöder Spruch liegt ihm sicher gerade auf den Lippen.

»Mit den alten Klassikern kannst wohl nicht umgehen?«, fragt er erwartungsgemäß. »Stehst eher auf pinkfarbene Flitzer, die alles selbst machen, wa?«

Ich sehe ihn ausdruckslos an und möchte ihm am liebsten eine scheuern. So ein saudummer Kerl.

»Schon mal einen Porsche 911 besessen?«

»Öhm ...« Er kratzt sich am Kopf.

»Schon mal einen gefahren?«, frage ich weiter.

Er räuspert sich.

Bevor mir etwas Unhöfliches herausrutscht, beiße ich mir auf die Lippen. »Dann bitte sei so gut und schaff den Defender in die Werkstatt!«

»Soll ich dich mit ins Dorf nehmen?«

»Nein, danke. Ich laufe lieber.«

Nachdem ich einen Wisch unterschrieben und Heiko die Schlüssel ausgehändigt habe, mache ich mich auf den Weg.

Das kurze Stück schaffe ich in zwanzig Minuten. Mit den gemütlichen Wanderschuhen aus Monas Laden vielleicht sogar in fünfzehn. Zeit, um nachzudenken. Hier an der frischen Luft fällt mir das um einiges leichter.

Ich komme einfach nicht mehr mit. Was erwartet Patrick von mir? Wollte er nur etwas Zuneigung? Nur etwas Kribbeln, etwas Abenteuer? Oder hat er tatsächlich Interesse daran, unsere Beziehung fortzusetzen? Doch wie passt dieser Modelaasgeier da hinein? Eine flüchtige Bekannte, die er einmal vor der Linse hatte, würde ihn doch nie an seinem Krankenbett besuchen – schon gar nicht in diesem Aufzug. Und was sollte ihre Frage? Wer ist diese Person? Als würde sie das etwas angehen. Patrick ist verärgert über ihr Erscheinen gewesen. Etwa, weil wir schon wieder gestört wurden? Oder weil sie ihre Beziehung mir gegenüber offenbart hat?

Meine Stimmung pendelt von Frustration über Ärger zu Verzweiflung und wieder zurück. Ich hab's gewusst. Bei Patrick gibt es nicht nur eine einzige Frau im Leben. Selbst wenn er in keiner festen Beziehung ist, die Szene im Krankenhaus hat mir schon gereicht. Ich will das nicht. Damit kann ich einfach nicht umgehen. Schluss!

Der kurze Lauf tut gut. Bis nach Himmelreich bekomme ich mein Gefühlschaos soweit wieder in den Griff, dass ich nicht wie eine hysterische Vogelscheuche durch die Straßen rennen muss.

Immerhin haben wir heute Abend noch eine Mission zu erfüllen.

Kapitel 17

Das verdammte Heu piekt überall in die Haut, dass ich am liebsten aufspringen und mich ausgiebig kratzen möchte, doch wir müssen leise sein.

Dicht gedrängt liegen Ronja, Fee und ich auf dem Heuboden in Axthelms Scheune und haben die Kamera auf den Anhänger mit den gestohlenen Dinosaurierknochen gerichtet.

Vor dem Tor tigert Axthelm nervös auf und ab und wartet auf seine Verabredung. Und die lässt sich Zeit.

Wir warten seit einer geschlagenen halben Stunde, und wir befürchten langsam, dass niemand auftaucht. Doch dann hören wir endlich einen Wagen den Schotterweg entlang zum Haus fahren. Er wird direkt vor der Scheune geparkt, eine Autotür möglichst geräuscharm zugeschlagen.

Axthelm begrüßt den Mann und führt ihn unter dem Vorwand, keine Zuhörer auf dem Hof haben zu wollen, direkt in die Scheune.

»Ist alles noch da und unversehrt?«, fragt der große, kräftige Kerl, der laut Axthelms Aussage Mitglied des Bauarbeiterteams für die Fabrik ist.

Oje, dem Mann möchte ich nachts nicht allein begegnen und eines Verbrechens bezichtigen. Der sieht aus wie Herkules.

»Selbstverständlich«, bestätigt der Alte und öffnet eine Seitenwand.

Na toll, die kann man herunterklappen? Und ich bin da immer umständlich reingeklettert und habe mir meine weißen Shorts dreckig gemacht.

»Wollen Sie die Steine jetzt mitnehmen? Ich kann Ihnen da aber leider nicht helfen. Mein Rücken.« Axthelm jammert demonstrativ und nimmt eine Haltung ein, als suche er etwas auf dem Boden.

»Steine? Sie meinen die Fossilien. Natürlich – ich habe sie schließlich auch hergebracht. Ich schaffe das schon allein. Ihnen ist aber klar, dass Sie das einige Prozent Beteiligung kosten wird, wenn ich sie nun woanders unterbringen muss.«

»Ja, die Umstände tun mir sehr leid. Aber ich habe heute Vormittag von den Betreibern der Pension gehört, dass sie die Scheune entrümpeln und hier einen Indoor-Spielplatz für Kinder bauen wollen.«

»So ein Scheiß! Aber gut, dass Sie mich angerufen haben, bevor die Knochen noch in falsche Hände geraten«, sagt der Mann und verlässt die Scheune.

Falsche Hände? Wir sehen uns kopfschüttelnd an. Der glaubt, Axthelm ist doof. Aber wie wir alle feststellen mussten, weiß der Alte ganz genau, was er tut.

»Was machen Sie nun damit?«, fragt er, als Herkules mit einer Sackkarre zurückkommt.

»Das geht Sie nichts an. Je weniger Sie wissen, desto besser für Sie.«

»Gehen Sie damit auf den schwarzen Markt?«, löchert Axthelm ihn weiter und humpelt hinter ihm her, als er mit dem ersten Knochen auf der Sackkarre zu seinem Wagen geht.

Die Antwort hören wir nicht, aber die ist ohnehin nicht mehr wichtig.

Nachdem Herkules auch den zweiten Knochen in seinem Auto verstaut hat, verlassen wir unser sicheres Versteck, klettern nacheinander die Leiter hinunter und stellen uns in die offene Scheunentür.

»Was zum Teufel ...«, wettert der Kerl los. Seine Stimme ist wirklich furchteinflößend, und wenn ich nicht wüsste, dass wir Unterstützung bekommen, würde ich mir ins Höschen machen.

»Möchten Sie das Diebesgut jetzt zur Grabungsstelle zurückbringen?«, fragt Tjark trocken und tritt neben der Scheune ins Scheinwerferlicht des Pickups.

Herkules fährt herum und weiß offensichtlich nicht, was er sagen soll. Stattdessen hebt er eine Schaufel von der Ladefläche und schwingt sie drohend in Tjarks Richtung. Der aber verschränkt ungerührt die Arme und verzieht sogar den Mund zu einem spöttischen Grinsen.

»Lassen Sie die Waffe fallen!«, befiehlt nun Polizeihauptmeister Jäger, der sich auf der anderen Seite positioniert hat, und richtet seine Pistole auf den Knochendieb.

Dieser zögert kurz, scheint seine Möglichkeiten abzuwägen, gibt schließlich aber auf und lässt die Schaufel sinken. Tjark nimmt sie ihm ab, noch immer mit einem Lächeln im Gesicht. Sicher will er ihn am liebsten zu Boden schicken, aber er verkneift es sich.

Herr Jäger legt ihm Handschellen an und führt ihn neben die Scheune, wo sein Polizeiauto im Dunkeln parkt. Dann kommt er nochmal kurz zu uns und gibt jedem die Hand.

»Vielen Dank, junge Damen, endlich kann ich den Fall der Staatsanwaltschaft übergeben. Ich kann keine Dinosaurier mehr sehen.«

»War uns ein Vergnügen«, antworte ich für uns alle. »Was passiert nun mit Herrn Axthelm? Er wird nicht belangt, so war die Abmachung, richtig?«

Herr Jäger reibt sich das Kinn. »Herr Axthelm? Der hat doch nur Steine in seiner Scheune untergebracht. Außerdem will doch keiner der Anwesenden Anzeige gegen ihn erstatten, oder?« Er zwinkert uns zu und reicht auch Tjark die Hand. »Ich lasse die Knochen jetzt noch abholen. Es tut mir sehr leid, dass wir sie beschlagnahmen müssen.«

»Schon okay, Hauptsache, sie sind wieder da. Unsere Arbeit an der Grabungsstelle wird ja nun auch noch ein Weilchen dauern.«

Nachdem sich Herr Jäger endgültig verabschiedet hat, klopft Tjark dem alten Axthelm auf den Rücken, der daraufhin beängstigend hustet. »Nochmal Glück gehabt, alter Mann! Seien Sie froh, dass die Mädels für Sie gesprochen haben.«

»Ja, die haben erwähnt, dass Sie nicht sonderlich erfreut waren«, krächzt er zurück.

Ronja schmiegt sich an Tjark Oberarm und klimpert mit den Wimpern. »Sei lieb, großer Mann.«

»Ja, ja«, knurrt er und schmeißt die Schaufel, die er noch immer in der Hand hält, auf die Ladefläche des

Pickups. »Soll ich dich mitnehmen oder fährst du mit den Mädels zurück ins Dorf?«

»Fahr ruhig vor. Wir müssen das Ganze hier noch auswerten. Du weißt schon, ein bisschen quatschen.«

Tjark rollt mit den Augen und verabschiedet sich. Auch Axthelm dankt uns noch einmal, bevor er endgültig ins Haus verschwindet.

»Haben wir gut gemacht«, erklärt Fee. »Jetzt können die Ausgrabungen sicher bald abgeschlossen werden.«

»Wie ich Tjark kenne, buddelt er so lange weiter, bis er auch den Schädel gefunden hat«, wirft Ronja ein. »Dann bleibt er wenigstens noch eine Weile.«

Ich reiße die Augen auf, kann mich aber gerade noch beherrschen, etwas auszuplaudern.

Leider bemerkt Fee mein Verhalten: »Nicole? Was ist los?«

»Nichts«, antworte ich in viel zu hohem Ton und habe mich sicher gerade verraten. Mist, verdammter!

»Weißt du etwa mehr als wir?«, hakt Ronja nach.

»Nicole kann nicht flunkern«, kommentiert Fee trocken. »Ihr sieht man an der Nasenspitze an, dass sie etwas weiß.«

»Sag schon!«, fordert Ronja mich auf. »Hast du etwas gesehen?«

»Ihr müsst mir schwören, dass ihr niemandem davon erzählt«, bettle ich. »Tjark macht mich sonst einen Kopf kürzer.«

Sie nicken eifrig.

Im Flüsterton fahre ich fort: »Wisst ihr noch, dass ich an diesem einen Abend auf der Baustelle über etwas gestolpert bin? «

Ronja kichert. »Oh ja, das sah zu komisch aus.«

»Es war der Schädel. Ich war letztens zufällig auf der Baustelle, als er entdeckt wurde. Er lag etwas abseits der anderen Fundstellen. Wisst ihr noch?«

»Ist nicht wahr.« Ronja hält sich eine Hand vor den Mund. »Du bist darüber gestolpert?«

»Sag ich doch. Aber bitte, bitte, bitte behaltet es für euch.«

»Tjark kann was erleben, dass er mir das nicht erzählt hat!«, motzt Ronja und verschränkt die Arme.

»Nein, Ronja! Sag es ihm nicht!«, flehe ich sie an.

Ihr Mundwinkel beginnt zu zucken, und ich atme erleichtert aus.

»Sie werden es sicher bald bekanntgeben.«

»Keine Sorge, wir verraten nichts«, beruhigt mich Fee und zwickt Ronja in die Taille.

»Ich könnte jetzt einen Schnaps vertragen«, bemerke ich.

»Mit Schnaps kann ich nicht dienen, aber im Feenzauber liegt noch eine Flasche Sekt im Kühlschrank.«

»Egal, Hauptsache Alkohol.«

***

Auf der kleinen Terrasse hinter Fees Blumenladen steht inzwischen eine hübsche Hollywoodschaukel, die ich für mich beanspruche. Ronja nimmt auf einem der gemütlichen Loungesessel Platz, während Fee den Sekt aus dem Kühlschrank holt. Sie köpft die Flasche und schenkt jedem einen Schluck in eine Sektflöte.

Die Nacht ist herrlich warm und die Sterne funkeln am Himmel. Von den Feldern weht ein Hauch von Kuhdung herüber, doch das stört mich heute nicht im Geringsten. Ich ziehe die Knie an und stütze mein Kinn darauf.

»Auf uns«, sagt Ronja und hebt ihr Glas. Wir tun es ihr gleich und stoßen an. »Am Ende wird alles gut.«

»Ich liebe Happy Ends«, flötet Fee. »Die Knochen sind wieder da, Gertrud und Johann werden heiraten, und wir haben unsere zweite Hälfte gefunden ... « Ihr Blick schweift zu mir. »Oh.«

»Schon gut«, wiegle ich ab. »Wäre ja auch zu kitschig, wenn wirklich alles perfekt wäre.«

»Es liegt nur an dir«, wirft sie ein. »Wie oft hat er dich jetzt angerufen?«

»Ist mir egal.«

»Er hat mir sogar geschrieben, dass ich mit dir reden soll.«

»Ich weiß. Ist mir auch egal.«

»Wovon sprecht ihr?«, will Ronja wissen.

»Nicole ist sauer auf Patrick.«

»Warum bist du sauer auf ihn? Läuft da wieder was?«

»Sie haben sich geküsst«, antwortet wieder Fee an meiner Stelle, während ich bockig ins Leere starre.

»Oh mein Gott«, quietscht Ronja und legt einen Arm um mich. »Erzähl. Was ist passiert?«

»Nichts. Wir haben uns geküsst, und dann kam seine Freundin ins Zimmer«, erkläre ich schließlich.

»Du weißt doch gar nicht, ob das seine Freundin ist«, fährt Fee dazwischen. »Er will es dir erklären, aber du lässt ihn ja nicht zu Wort kommen.«

»Sagst du nicht immer, Kommunikation ist der wichtigste Bestandteil einer Beziehung?«, stellt Ronja fest.

»Wir führen keine Beziehung.«

»Weil ihr nicht kommuniziert.«

»Ein Teufelskreis«, betont sie. »Aber wenn du so sauer bist, scheint dir doch noch etwas an ihm zu liegen.«

»Und wie sie sauer ist. Sie hat sogar seinen Wagen geschrottet«, plaudert Fee aus und kichert.

»Oje, da besteht dringend Gesprächsbedarf.« Ronja wirft mir einen aufmunternden Blick zu. »Gib dir einen Ruck!«

Kapitel 18

In Monas Modescheune brennt die Luft. Die Klimaanlage läuft auf Hochtouren und ich vermute, dass es hier drin nicht einmal fünfundzwanzig Grad sind, aber allen Anwesenden läuft der Schweiß, inklusive mir.

Mit Hochdruck versucht die Kosmetikerin, Gertruds hochrotem Gesicht eine halbwegs normale Farbe zu verpassen, während die Friseurin alle Lockenwickler aus den Haaren meiner Tante zupft. Wirklich alle. Obwohl ein vergessener Wickler langsam zum Running Gag werden könnte. Aber die Zeremonie soll romantisch werden, nicht lustig. Ich kenne Gertrud. Sie steht auf Kitsch, und den soll sie heute haben.

Selbst Mona hat sich mächtig ins Zeug gelegt und eine kleine Ecke in ihrem Laden für uns freigeräumt. Auf einem beigefarbenen Teppich - wie sollte es anders sein - stehen ein Sofa im Vintage-Stil, ein großer Spiegel, mehrere Stühle und natürlich ein Beistelltisch mit Sekt und Gläsern dazu.

Mona hat zusammen mit Gertrud ein wunderschönes Etuikleid in zartem Flieder bestellt, das der Braut hervorragend steht. Die große Stoffblume an der Hüfte in der gleichen Farbe gibt dem Kleid eine festliche Note.

Neben Gertrud auf dem Sofa liegen bereits der weiße Satinbolero und die passende Handtasche bereit.

Meine Mutter bringt eine Schachtel mit den Brautschuhen und hilft meiner Tante beim Anziehen.

»Gertrud, Sie müssen sich wirklich beruhigen«, redet die Kosmetikerin auf sie ein und wedelt ihr mit einer Hand Luft ins Gesicht.

»Und können Sie mir auch sagen, wie ich das anstellen soll?«, erwidert meine Tante. »Ich heirate in einer halben Stunde.«

»Genau deswegen.«

»Ich schicke Johann eine Runde um den Block«, mische ich mich ein. »Dann passt ihr farblich zusammen.«

Gertrud wirft einen Lockenwickler nach mir und hebt den Zeigefinger. »Kleines freches Fräulein! Pass bloß auf.«

Ich grinse sie an und hocke mich dann zu ihr auf die Couch. »Gertrud, erinnerst du dich an das Weihnachtsfest vor neun Jahren?«

»Puh, das ist lange her.«

»Es war das erste Weihnachtsfest, das du mit Johann verbracht hast, weißt du noch? Patrick und ich waren schon eine Weile zusammen und wollten das Fest gemeinsam verbringen. Also haben wir alle zusammen bei Mama und Papa im Wohnzimmer gesessen und Raclette gemacht.«

»Das stimmt. Und deine Cousine war auch da.«

»Ja, Charlotte hatte gerade angefangen, in München zu studieren.«

»Das war wirklich ein schöner Abend mit meinen liebsten Menschen.« Sie lächelt selig.

»Weil wir so viele Leute waren, haben wir gewichtelt. Du hattest Johann gezogen und ihm einen gravierten silbernen Engel als Schüsselanhänger geschenkt.«

»Das weiß ich noch.«

»Johann hat mir letztens erzählt, dass es seitdem um ihn geschehen war.«

Verdutzt sieht sie mich an. »So lange schon?«

»Gott weiß, warum der Mann so lange gebraucht hat, um dir den Hof zu machen. Übrigens hat er den Anhänger immer noch.«

Gertruds Augen werden feucht. So ein Mist!

»Nicole!«, empört sich die Kosmetikerin. »Die Wimperntusche!«

»Tschuldigung. Das war jetzt nicht meine Absicht.«

Gertrud winkt ab und wendet sich wieder mir zu. »Warum erzählst du mir das?«

»Einfach so. Ich wollte, dass du dich beruhigst. Hat geklappt. Das Gesicht ist nur noch leicht gerötet.«

»Aber beinahe wäre die Mascara verschmiert!«, werde ich erneut getadelt.

»Nichts passiert. Gertrud sieht fantastisch aus.«

»Findest du?«, fragt sie nach, steht auf und dreht sich einmal um ihre eigene Achse.

Kosmetikerin, Friseurin, Mona, meine Mutter und ich nicken zufrieden. Es kann losgehen.

Doch bevor wir den Laden verlassen können, klingelt mein Handy. Es ist Fee. Ich klemme mir den Hörer zwischen Ohr und Schulter und schnappe mir meine Tasche.

»Hallo Fee, wir wollen jetzt losfahren.«

»Hallo Nic.« Es ist nicht Fee, sondern Patrick.

»Warum rufst du mich von Fees Telefon aus an?«

»Weil du bei mir nicht rangehst.«

»Was willst du? Ich bin im Stress.«

»Tut mir leid, aber mein Vater hyperventiliert gleich. Ich weiß nicht, was ich machen soll.«

»Kriegt er kalte Füße?«, frage ich entsetzt und bin froh, dass ich schon zur Tür geeilt bin und die anderen Damen Gertrud noch in ihr Jäckchen helfen. Das darf sie keinesfalls hören.

»Nein, er ist aufgeregt. Zu aufgeregt. Er freut sich auf die Hochzeit, aber er japst nur noch.«

»Scheiße«, entfährt es mir. »Wo seid ihr?«

»Noch im Pfarrhaus.«

»Okay, bleibt da. Ich komme sofort.«

Nachdem ich Patrick verabschiedet habe, eile ich zurück zu Gertrud, die noch immer mit ihrem Outfit beschäftigt ist. Nun fummelt sie sich noch silberne Creolen in ihre Ohrläppchen.

»Sieh mal, wie findest du die?«, fragt sie mich und dreht den Kopf von der einen auf die andere Seite.

»Ich dachte, du wolltest die mit den weißen Blümchen drin behalten.«

»Ich habe mich umentschieden.«

»Okay, wie du denkst. Ich muss schon mal los. Ihr kommt doch sicher allein klar. Valentina und Jan warten mit der Kutsche schon draußen.«

»Was ist denn los? Gibt es ein Problem?« Sofort richtet sich Gertrud wachsam auf.

»Äh ... nein. Kein Problem ... Fee weiß nur nicht ... wo sie ... das große Blumengesteck in der Kirche hinstellen soll. Ich zeige es ihr lieber selbst«, stammle ich und flüchte hastig nach draußen, bevor noch jemand nachhaken kann.

Am Straßenrand warten Valentina und Jan auf ihrer Kutsche, die sie extra festlich geschmückt haben. Die zartlila Seidenbänder und die Rosen passen perfekt zum Farbarrangement der restlichen Hochzeitsdekoration.

»Gertrud und ihr Gefolge kommen gleich«, rufe ich und flitze die Straße hinunter Richtung Kirche, so schnell es meine Pumps und mein enges Kleid zulassen. Heute habe ich mich für Dunkelblau entschieden, denn an diesem Tag soll nur die Braut auffallen.

An der Eingangstür des Pfarrhauses erwartet mich Patrick bereits und will mich begrüßen, doch ich ignoriere ihn und stürme in den Hausflur. Aus dem Wohnzimmer dringt eine hysterische Stimme, und dort entdecke ich den völlig überdrehten Johann.

»Gleich ... gleich ... gleich werde ... gleich werde ich ...«, hechelt er.

»Gleich wirst du heiraten, ja«, sage ich ruhig.

Er sieht mich an und lächelt gequält. Seine Brust hebt und senkt sich in besorgniserregendem Tempo.

»Er kollabiert gleich«, stellt Patrick fest, der neben mich getreten ist.

»Ich kümmere mich um deinen Vater. Lauf du bitte Gertrud entgegen, damit wenigstens noch ein paar Bilder von der Kutschfahrt entstehen.«

Einen Moment blickt er mir in die Augen. Ich weiß, dass er mit mir reden möchte, doch jetzt ist nicht der richtige Zeitpunkt. Ich wende mich ab und höre Patrick nur noch hinauslaufen.

In einer Vitrine finde ich einen schottischen Whisky und ein passendes Glas. Ich fülle ein paar Schlucke hinein und reiche es Johann.

»Vielleicht beruhigt das ein wenig. Und setz dich erst mal.«

Johann gehorcht, nimmt das Glas und nippt daran.

Ich überlege, wie ich den aufgeregten Bräutigam in die Realität zurückholen kann und beginne mit der gleichen Geschichte, die ich zuvor Gertrud erzählt habe.

Zum Glück zeigt sie auch bei Johann Wirkung, und mir fallen zehn Tonnen Steine vom Herzen.

Zehn Minuten später hat sich Johann so weit gefasst, dass ich ihn endlich aus dem Haus und durch den Nebeneingang in die Kirche bringen kann. Die ist bereits gut gefüllt. Alles ist an seinem Platz, auch das große Blumengesteck. Fee zupft noch hier und da an den Arrangements herum.

»Kann es losgehen?«, frage ich sie.

Eigentlich wäre es meine Aufgabe, zu wissen, wann alle bereit sind, aber dieses Brautpaar ist schwieriger als manch andere und braucht meine volle Aufmerksamkeit.

»Gertrud ist im Nebenraum. Ich glaube, sie ist fertig.«

»Ich hoffe, nicht mit den Nerven.«

»Nein, sie wirkt relativ ruhig.«

»Sehr gut. Kannst du ein Auge auf Johann werfen, dass er nicht wieder ausflippt? Ich muss nochmal kurz mit dem Pfarrer aus Gottstreu sprechen.«

»Ja, klar.«

Ich winke Ronja und Tjark zu, die ich in der zweiten Reihe entdecke. Auch Lila ist extra für die Hochzeit angereist und hat sich in Schale geschmissen. Beinahe hätte ich sie nicht erkannt. Doch jetzt ist keine Zeit zum Plaudern, die Trauung beginnt gleich. Am Altar empfängt mich Pfarrer Gottlieb aus Gottstreu und informiert mich über den Ablauf der Zeremonie.

Danach haste ich in den Nebenraum, wo Gertrud wartet und halte ihre Hand, bis die Orgelmusik einsetzt.

Ab jetzt läuft alles nach Plan. Johann steht am Altar und lächelt Gertrud mit feuchten Augen entgegen. Die läuft langsam den Gang zwischen den Sitzreihen entlang. Patrick schießt fleißig Bilder von der Szenerie.

Von meinem Platz an einer Säule im seitlichen Bereich lausche ich der berührenden Traurede von Pfarrer Gottlieb. Noch nie habe ich eine schönere gehört.

Endlich werden Johann und Gertrud zu Mann und Frau erklärt. Jetzt gibt es kein Zurück mehr – heute zumindest nicht – hoffe ich.

Mit einem unendlichen Gefühl des Glücks sehe ich den beiden zu, wie sie sich am Ende der Trauung küssen.

Jetzt und hier sollte Schluss sein. Ich liebe Happy Ends. Doch leider steht der unangenehme Teil des Tages noch bevor. Im Anschluss findet die Feier statt, auf der meine Eltern ihre Scheidung bekannt geben wollen.

Das Brautpaar macht sich, gefolgt von den Hochzeitsgästen, auf den Weg zu Jupps Kino, als ich auf dem Vorplatz zur Kirche auf Patrick treffe. Ganz der Alte trägt er wieder schwarze Jeans, ein weißes Hemd und eine schmale Krawatte dazu.

»Egal, was du sagen willst, ich habe dafür jetzt keine Zeit«, stelle ich sofort klar und gehe an ihm vorbei.

Er hält meinen Arm fest. »Ich weiß, aber auf die fünf Minuten kommt es sicher nicht an.«

»Okay, dann habe ich eben keine Lust, mit dir zu reden. Patrick, ich habe den Kopf gerade mit tausend Dingen voll, aber eine Diskussion über deine Liebschaften ist sicher nicht dabei.« Damit lasse ich ihn stehen und folge den anderen zur Hochzeitsfeier.

***

Die Gäste der Scheidungshochzeit tummeln sich bereits im Innenhof des Kinos und genießen die kleinen Häppchen, die von Kellnern mit Tabletts durch die Menge manövriert werden. Ein Meer aus Sonnen- und verschiedenen Wiesenblumen säumt den Platz. Bunte Lampions an den Sonnenschirmen sollen zu späterer Stunde ein schönes Ambiente zaubern. Überall habe ich Luftballons mit Heliumfüllung verteilen lassen. Viele lange Seidenbänder in einem zarten Lilaton umspielen einige kleine Birken in Tontöpfen, die ich aus der Baumschule geliehen habe. Sie machen das Fest zu etwas ganz Besonderem. Jupps Innenhof wirkt wie eine bunte Blumenwiese.

Inmitten einer Schar aus Hochzeitsgästen entdecke ich Gertrud und Johann, die von allen nacheinander beglückwünscht werden. Ich warte etwas abseits, bis alle abgefertigt sind und sich ein Glas Sekt geschnappt haben, dann trete ich an das Brautpaar heran.

»Gertrud, Johann, meinen allerherzlichsten Glückwunsch«, sage ich, umarme beide und kann mir ein Tränchen nicht verkneifen. »Ihr wisst gar nicht, wie sehr ich mich für euch freue.«

»Wir ahnen es«, meint Gertrud und zwinkert mir zu.

»Ist bisher alles in Ordnung? Braucht ihr irgendetwas oder können wir mit dem Toast weitermachen?«

»Alles in bester Ordnung«, versichert Johann. »Ich werde dann mal ein paar Worte an die Hochzeitsgesellschaft richten.«

Plötzlich geben die Lautsprecher ein ohrenbetäubendes Quietschen von sich, und die gesamte Hochzeitsgesellschaft stöhnt schmerzerfüllt auf.

»Hallo? Achtung? Test. Test«, hören wir Karl Königs Stimme und drehen uns zur kleinen Bühne um. Er hat sich das Mikrofon geschnappt und klopft wild darauf herum.

»Als Trauzeuge des Bräutigams und Bürgermeister dieses bezaubernden Städtchens, habe ich ...«

»Dorf!«, brüllt es von verschiedenen Seiten.

»... Städtchens ... habe ich die Ehre, dem Brautpaar als erstes offiziell zu gratulieren.«

Hat er das? So war das eigentlich nicht besprochen. Der Mann macht mich fertig.

»Also«, fährt Karl fort, »Gertrud, Johann, ich wünsche euch von Herzen alles Gute für eure Ehe, und möget ihr bis ans Lebensende glücklich zusammen sein.«

Okay, das war schön. Jetzt sollte aber der Pfarrer das Wort ergreifen. Ich gehe auf den Bürgermeister zu und strecke meine Hand nach dem Mikro aus.

»Außerdem«, redet Karl aber weiter, »habe ich den Bewohnern unseres Städtchens eine freudige Nachricht zu überbringen.«

»Dorf!«, wird er erneut aus der Menge korrigiert.

»Trittst du endlich zurück?«, ruft ein anderer.

Doch Karl lässt sich nicht beirren. »Ich habe die ehrenvolle Aufgabe, euch mitzuteilen, dass die Ausgrabungen in Himmelreich bald beendet werden können, da der komplette Dinosaurier gefunden wurde ...« Er macht eine dramatische Pause. »... mit Schädel.«

»Wissen wir doch schon«, melden sich die meisten im Chor.

Suchend überschaue ich die Menge und sichte meine Freundinnen am Sektbuffet. Ich ziehe fragend die Augenbrauen nach oben, doch sie weichen mit Unschuldsmienen meinem Blick aus.

Endlich erobere ich das Mikrofon von Karl und übergebe es an Johann, der sich zusammen mit Gertrud bei den Gästen bedankt und eine kurze Ansprache hält.

Währenddessen bahne ich mir einen Weg zu Ronja, Fee und Lila.

»Nun seid ihr endgültig in Himmelreich angekommen, ihr alten Klatschweiber!«, tadle ich sie.

»Ich habe es nur David erzählt ... und Alex«, gesteht Fee.

»Tjark hat es mir angesehen.« Ronja grinst mich schief an.

»Ich bin unschuldig«, sagt Lila.

»Aber nur, weil du nicht hier warst«, maule ich.

»Dann hätten es nur meine Hunde erfahren, ich schwöre.«

»Ja, ja ...« Ich schüttle resigniert den Kopf. Himmelreich muss irgendetwas an sich haben, dass niemand ein Geheimnis für sich behalten kann.

Schon wieder räuspert sich jemand durch die Lautsprecheranlage. Oh, Patrick möchte wohl auch vor versammelter Mannschaft gratulieren.

»Hallo, ich bin Patrick, Johanns Sohn. Die meisten von euch kennen mich ja«, beginnt er. »Auch ich möchte meinem Vater und Gertrud alles Glück der Welt für ihre gemeinsame Zukunft wünschen. Ich bin mir sicher, dass beide den richtigen Partner fürs Leben gefunden haben. Ich kenne meinen Vater ein wenig ...« Er macht eine Pause und erntet ein paar Lacher. »... und Gertrud natürlich auch. Sie sind füreinander geschaffen.«

Meine Tante und Johann sehen sich verliebt an. Durch die Menge geht ein zustimmendes Raunen, einige klatschen sogar.

»Auch ich habe gedacht, ich habe die perfekte Partnerin für mich gefunden«, fährt Patrick fort.

Mir rutscht das Herz in die Hose.

»Leider muss ich euch kurz damit belästigen, denn sie ignoriert mich. Ich konnte ihr ein Missverständnis vor ein paar Tagen nicht erklären.«

Die ersten Leute drehen sich zu mir um. Meine Hoffnung, dass keiner weiß, von wem er spricht, löst sich in Luft auf.

Geschockt starre ich zur Bühne. Wie kann er mir das antun? Das ist oberpeinlich und weiß Gott nicht der richtige Anlass. Heute geht es um Gertrud und Johann. Und um meine Eltern.

Doch Patrick hört einfach nicht auf, zu sprechen: »Nic. Ich möchte mit dir reden. Bitte lass mich die Situation aufklären.«

Ich kann mich nicht rühren, keinen klaren Gedanken fassen. Noch nie war ich so unfähig, zu reagieren.

Aber zum Glück gibt es die netten Himmelreicher, die das für mich übernehmen.

»Na los, Nicole, gib dir einen Ruck!«

»Jetzt lass den armen Patrick doch nicht so stehen.«

»Vertragt euch wieder.«

Boah! Die wissen gar nicht, worum es geht.

»Nehmt euch ein Zimmer«, meint jemand, und ich blicke irritiert zur Seite.

Ich hebe die Hände und gebe auf. »Von mir aus. Sag, was du zu sagen hast.«

Patrick übergibt das Mikrofon an Gertrud, hüpft vom Podest und kommt auf mich zu.

»Liebe Gäste«, wendet sich meine Tante an die Menge, »folgt mir nun in den Kinosaal. Wir haben einen kleinen Film für euch vorbereitet und meine Schwester möchte gern noch etwas mitteilen.«

Nun werden meine Eltern ihre Scheidung bekanntgeben. Gemächlich bewegt sich die Hochzeitsgesellschaft ins Innere des Gebäudes.

»Möchtest du lieber mit rein?«, fragt Patrick.

»Schon okay, ich muss nicht dabei sein, wenn meine Eltern das Ende ihrer Ehe verkünden.«

»Fee hat mir erzählt, dass du sie bei der Feier eigentlich wieder versöhnen wolltest.«

»Tratschtante!«

»Hast du dich umentschieden?«

»Ja, ich möchte ihrem Glück nicht im Wege stehen. Und ich habe eingesehen, dass sie als Freunde zufriedener sind. Sie lieben sich noch, das weiß ich, und sie werden sicher immer im Kontakt bleiben, aber ein Paar sind sie nicht mehr. Das ist mir jetzt klargeworden.« Ich blicke zu Boden.

»Und was ist mit uns?« Plötzlich wirkt er nicht mehr so selbstsicher wie sonst. Er hebt mein Kinn an, sodass ich ihm in die Augen sehen muss.

Diese schönen Augen. Sie spiegeln sein zartes Lächeln wider. Wie sehr ich ihn in den letzten Tagen vermisst habe, aber ich konnte mich einfach nicht überwinden, einen seiner zweihundertfünfundneunzig Anrufe entgegenzunehmen. Zu sehr hat mich die Störung durch diese Modeltussi verunsichert. Zu sehr hat es mich an damals erinnert, als immer wieder Frauen vor unserer gemeinsamen Wohnungstür standen und Patrick sehen wollten. Auch wenn nichts passiert sein sollte, allein der Gedanke, dass Patrick mit ihnen geflirtet hat und sie sich Hoffnungen gemacht haben, war jedes Mal ein Stich ins Herz.

Genau wie letztens im Krankenhaus.

»Du wolltest mir eigentlich etwas sagen«, weise ich Patrick darauf hin, dass er mich nicht nur anstarren, sondern endlich mit seiner Erklärung loslegen soll.

»Jil rennt mir seit Monaten hinterher. Jegliche Versuche, sie abzuschütteln, sind gescheitert.«

»Du hast ihr schöne Augen gemacht, nicht wahr?«

»Wahrscheinlich. Nun ja, immerhin war ich zu der Zeit nicht liiert. Ich habe eben ein paar Späße beim Shooting gemacht.«

»Späße. Das kommt mir bekannt vor.«

»Seit mich das Weibsstück so penetrant verfolgt, verzichte ich lieber darauf, mit Fotomotiven zu schäkern.«

»Wie rücksichtsvoll von dir.«

»Nic, ich weiß heute, dass dich das verletzt hat, nur war ich damals zu verliebt in den Erfolg, um es zu sehen.«

»Selbst, wenn du dich dahingehend geändert hast, gibt es sicher noch genug andere Schlampen, die auf jedes Augenzwinkern reagieren.« Hoppla, kam das böse Wort gerade aus meinem Mund?

»Das mit Jil ist aus dem Ruder gelaufen. Das Shooting ist eine Ewigkeit her, aber sie wollte es einfach nicht kapieren, dass ich nicht an ihr interessiert bin. Es tut mir leid, dass sie wieder auf der Matte stand und dich das verunsichert hat. Ich kann's verstehen. Ich habe ihr klipp und klar gesagt, wo meine Interessen liegen.«

»Und wo genau ist das?«

»Bei dir.«

Kann ich ihm das abnehmen?

In seinen Augen versuche ich zu erkennen, wie viel Bedeutung ich wirklich noch für ihn habe, und entscheide, er meint es ernst. Keine Spur von Spaß, Ironie oder Unaufrichtigkeit. Ich denke, so gut kenne ich ihn.

»Und was ist, wenn wieder ein Shooting aus dem Ruder läuft?«, hake ich nach.

Patrick grinst und legt den Kopf schief. Er weiß ganz genau, dass ich eifersüchtig bin. Und das kann ich eben nur sein, wenn mir noch etwas an ihm liegt. Ronja hat vollkommen recht. Doch will ich nicht einfach so nachgeben. Er darf ruhig noch etwas zappeln.

»Deswegen habe ich da Abhilfe geschaffen.«

»Wie meinst du das?«

»Ich habe dir gesagt, dass ich inzwischen andere Prioritäten habe. Soll heißen, dass ich vermehrt Aufträge in Deutschland annehme. Ich mag nicht mehr durch die Welt tingeln. Die ständigen Flüge, das Leben aus dem Koffer, der Jetlag: Das nervt. Und ich habe die Nase voll von den zickigen Weibern vor der Linse.«

»Aha.« Das ist ja mal sehr interessant. Patrick hat die Nase voll von Frauen. Patrick, der Charmeur. Ob ich ihm Sascha, mein drittes und letztes Internetdate, einmal vorstellen soll?

»Hat dir Fee meine Visitenkarte gegeben?«

»Ja, Ric Walker. Hat sie. Und?«

»Du hast noch keinen Blick auf meine Website geworfen, oder?«

»Warum sollte ich?«

»Ich konzentriere mich nun auf Hochzeiten und Landschaftsfotografie.«

»Was?«, platzt es aus mir heraus. »Du und Hochzeiten?«

»Glaub mir, das ist wesentlich entspannter. Was mir am meisten Spaß macht, ist Trash the Dress.«

»Hätte ich mir denken können, dass dir die Zerstörung von Brautkleidern Freude bereitet.«

»Nach der Hochzeit, du Dummerchen. Die meisten Bräute wollen ihr Kleid ohnehin nicht verkaufen oder weggeben. So entstehen nochmal wahnsinnig geile Bilder.«

Ja, er hat ja recht, solche Bilder sind genial.

Er legt seine Hände auf meine Wangen, wie er es im Krankenhaus getan hat. Mein Herz veranstaltet eine wilde Party in meiner Brust, und ich beginne zu schwitzen.

»Es tut mir unendlich leid, dass ich dir wehgetan habe«, flüstert er ganz nah an meinem Gesicht. »Ich hoffe, du verzeihst mir, denn ich habe dich in den letzten Jahren so sehr vermisst. Gibst du mir noch eine Chance, alles besser zu machen?«

»Ich habe dein Auto ermordet«, hauche ich, weil mir keine sinnvolle Antwort durch den Kopf geht. Schließlich will ich ihm nichts verheimlichen.

Überraschenderweise bekommt er keinen Herzinfarkt, sondern lächelt nur. Was ist mit ihm passiert?

»Es war nur noch eine Frage der Zeit, bis der Motor hopsgeht.«

»Du willst ihn nicht reparieren lassen?«

Er schüttelt den Kopf. »Es ist Zeit für etwas Neues.«

Dann senkt er seine Lippen auf meine, und diesmal kann die Welt um uns herum untergehen, wir lassen uns nicht stören.

Gierig umschlinge ich Patricks Körper, nach dem ich mich so sehr gesehnt habe. Seine Hände wandern über meinen Rücken bis zu meinem Po, drücken meine Hüften an seine. Auf diese Art hat er mich am Anfang unserer ersten Beziehung immer geküsst und ich konnte nie genug davon bekommen. Immer noch nicht.

Ich versinke immer mehr in Patricks leidenschaftlichen Kuss, bis sich alles um uns herum dreht. Unsere Hände erforschen den Körper des anderen, als müssten wir ihn ganz neu kennenlernen.

Als meine Lippen bereits kribbeln und beginnen, taub zu werden, löse ich mich sanft von Patrick. Er lächelt mich liebevoll an.

»Verzeihst du mir?«, flüstert er.

Ich verziehe den Mund zu einer Schnute. »Öhm ... Nö! ... Okay, vielleicht doch.«

Noch einmal küsst er mich auf die Nasenspitze, nimmt meine Hand und zieht mich in Richtung Kinosaal.

Als Patrick und ich händchenhaltend den Vorführraum betreten, sind alle Blicke noch auf die Leinwand gerichtet. Der Film über meine Eltern ist noch nicht zu Ende.

Lila, Ronja und Fee stehen an der Seite und machen große Augen, als sie uns bemerken. Krampfhaft unterdrücken sie ein Grinsen.

»Haltet euch zurück«, warne ich sie und hebe meinen Zeigefinger.

»Darf ich trotzdem etwas sagen?«, fragt Fee.

»Was denn?«

»Ich freu mich wirklich sehr für euch. Aber Liebes, wenn ihr bei einer Familienfeier unbedingt fummeln müsst, guck hinterher bitte in den Spiegel.«

»Was?«, zische ich, bemüht, leise zu sein. »Was ist los?«

Patrick sieht mich nur irritiert an. Ihm scheint nichts aufgefallen zu sein.

Fee zupft mit den Fingern meine Frisur zurecht und steckt ein paar Haarnadeln neu hinein. »So, schon besser. Jeder mit Augen im Kopf hätte gesehen, dass Patrick seine Finger überall hatte.« Sie sieht ihn an. »Jeder, außer ihm.«

Er grinst mich entschuldigend an und zuckt mit den Schultern.

Männer!

Ronja hält mir ihren Taschenspiegel entgegen, sodass ich auch mein Make-up überprüfen kann.

Gerade noch rechtzeitig wische ich den verschmierten Lippenstift weg, als meine Eltern sich während der Schlussmusik zu uns gesellen und mich ausgiebig herzen. Sie tragen jetzt T-Shirts mit der Aufschrift Besser glücklich geschieden als unglücklich verheiratet.

»Schätzchen, der Film war so toll. Alle haben Tränen gelacht«, seufzt meine Mutter.

»So sollte es sein.«

»Und die Dekoration überall ist übrigens wunderschön geworden. Nur über die Snacks müssen wir uns unterhalten.«

»Mama, ich lasse keine abgetrennten Finger auftischen. Bei aller Liebe. Ihr habt eure T-Shirts bekommen und alles, was ihr wolltet, aber das Essen ging gar nicht.«

»Schon gut, Nicky, du hast das prima gemacht«, mischt sich mein Vater ein und drückt mich noch einmal an sich.

»So!« Meine Mutter klatscht in die Hände. »Wir müssen nun wieder hinaus auf die Bühne, unser Scheidungsritual abhalten.«

Ich grinse. »Macht das mal. Ich will kurz mit Gertrud sprechen. Bis gleich.«

Meine Eltern, meine Freundinnen und auch Patrick mischen sich unter die übrigen Gäste und folgen ihnen wieder nach draußen.

Ich aber mache mich auf die Suche nach der Braut, die ich etwas abseits in einer Ecke im hinteren Bereich des Raumes entdecke. Sie steht in einem Grüppchen zusammen mit Johann, Frau Kamp-Nestor, Axthelm, Karl König und Polizeihauptmeister Jäger. Was geht denn da vor sich?

»Da ist sie ja«, begrüßt mich Gertrud und legt einen Arm um meine Schulter. »Unser Organisationstalent.«

»Ach, das war doch ein Kinderspiel.«

»Neineineineinein – du hast mit uns wirklich kein einfaches Hochzeitspaar gehabt«, widerspricht meine Tante, womit sie so was von recht hat. Aber das gehört hier nicht her.

Deshalb lenke ich schnell ab: »Worüber habt ihr gerade gesprochen? Wenn ich fragen darf.«

»Ohhh«, macht Gertrud und klatscht freudig in die Hände. »Ich hatte erzählt, dass wir mit Elfriede auf der Suche nach einem neuen Grundstück sind.« Sie nickt

Frau Kamp-Nestor mit einem breiten Grinsen zu und fährt fort: »Unser lieber Albert hier hat uns seine Felder unweit der ursprünglichen Baustelle angeboten.«

»Gegen Bezahlung natürlich«, wirft er schnell ein.

»Selbstverständlich«, beruhigt ihn Frau Kamp-Nestor mit einem gutmütigen Lächeln auf den Lippen.

»Was passiert nun mit der aktuellen Baustelle?«

»Das Land wird von der Gemeinde zurückgekauft«, meldet sich Karlchen stolz zu Wort. »Wenn die Ausgrabungen abgeschlossen sind, wird dort ein kleiner Dino-Park entstehen.«

»Das ist Wahnsinn. Ich freue mich für das Dorf.« Ich klopfe Karl kräftig auf den Rücken und amüsiere mich prächtig über seinen gequälten Gesichtsausdruck.

Dann nehme ich Axthelm zur Seite. »Und bei Ihnen ist alles in Ordnung?«, flüstere ich ihm zu.

»Ja, Kindchen. Das Geld der Kamp-Nestor-Gruppe reicht aus, um die Therapie meiner Schwester zu bezahlen. Mehr wollte ich nicht«, erzählt er glücklich.

Ich kann nicht anders, ich muss den alten Kauz drücken. Er schnieft und tätschelt meine Schulter.

Aufgeregt laufe ich zurück nach draußen und suche nach meinen Freundinnen, um ihnen von den grandiosen Neuigkeiten zu erzählen, aber ich komme natürlich zu spät.

»Wissen wir schon«, sagen sie gleichzeitig und lachen. Dann eben nicht!

Auf der Bühne beginnt Jupp, in einem eingehenden Rhythmus zu trommeln, während meine Eltern einen ziemlich bescheuerten Tanz dazu aufführen. Sie bewegen sich, als würden sie wie Blätter im Wind tanzen.

In einer großen Feuerschale wurden Holzscheite angezündet, zu denen meine Eltern nun den Brautschleier meiner Mutter, die Hochzeitsfliege meines Vaters und einige Dinge mehr hineinwerfen. Dann entfalten sie ein großes Laken, auf dem ihr Hochzeitsbild abgedruckt ist, und schneiden es gemeinsam in der Mitte durch.

Du meine Güte. Da kann ich wirklich nicht länger hinschauen.

Ich wende mich Patrick zu, wickle meine Arme um seine Taille und verschränke meine Finger hinter seinem Rücken. »Und was machen wir jetzt?«

»Ich würde sagen, du kaufst mir ein neues Auto.«

»Aber nur, wenn ich die Farbe aussuchen darf.«

»Oh nein, lass mir doch einen letzten Rest Männlichkeit übrig.«

»Keine Sorge, Süßer, für mich reicht es.« Ich grinse ihn schelmisch an und kneife ihm in den Po.

Dann nimmt er meinen Kopf zwischen seine Hände und küsst mich, als wäre es das erste Mal.

ENDE

Danksagung

Mein größter Dank geht wie immer an meine Leserinnen und Leser, die mich jeden Tag motivieren, weiterzumachen. Ich freue mich so sehr, dass ihr meine Geschichten lest, ich freue mich über euer Feedback und eure lieben Worte.

Danke an Jo, Andrea und Susanne für die wundervolle Zusammenarbeit bei der zweiten Himmelreich-Staffel. Ihr habt mir über so manches Tief hinweggeholfen, habt mir die besten Tipps gegeben und so viel zum Abschluss der Himmelreich-Reihe beigetragen.

Vielen Dank an meine tolle Bloggertruppe, die sich zum ersten Mal versammelt hat, um meinen Roman vorab zu lesen. Eure Meinungen tun mir sehr gut und ich freue mich auf viele weitere Projekte mit euch.

Danke an meine kleine Familie, die mich jederzeit unterstützt und so viele Stunden entbehrt.

Wie immer geht zum Schluss ein zusätzlicher Dank an meine unbezahlbare Lektorin Susanne Pavlovic, die wie immer großartige Arbeit geleistet hat.

Über die Autorin

Mia Leoni lebt und arbeitet in Erfurt. Nach dem Abitur verschlug es die geborene Puffbohne für eine Ausbildung und zum Arbeiten nach Frankfurt am Main. Sechs Jahre und viele Erfahrungen später lockte sie die geliebte Heimat und ihr heutiger Ehemann zurück in die thüringische Landeshauptstadt.

Seit 2013 ist sie Mutter einer Tochter und hat während der Elternzeit ihre Leidenschaft fürs Schreiben wiederentdeckt. Schon in früher Kindheit hat sie Geschichten geschrieben, aber nie zu Ende gebracht. Durch die Motivation einer lieben Autorenkollegin schaffte sie es, im Januar 2015 jedoch endlich ihren Debütroman zu veröffentlichen.

Weitere Titel von Mia Leoni:

In Versuchung
Zur Versöhnung
Dich schickt das Himmelreich